BIBLIOTHÈQUE ALLEMANDE

Dirigée par Nicole Bary

VENEZUELA

Jochen JUNG

VENEZUELA

Petit roman

Traduit de l'allemand
par Françoise Toraille

Éditions Métailié
5, rue de Savoie, 75006 Paris
www.editions-metailie.com
2008

Titre original : *Venezuela, ein kleiner Roman*

ISBN : 978-2-86424-665-7
ISSN : 1248-4695

1

Mon père était nazi, c'est indiscutable. Il a toujours fait le mauvais choix.

Indiscutable, même si je n'ai aucune preuve, mais sur ce point, pas besoin de preuve. Les lettres qu'il a écrites à ma mère et que je connais sont les lettres d'un père de famille à sa femme qu'il invite à garder courage, pour elle et pour ses deux enfants. Ce courage, mon père pensait que, compte tenu des circonstances et de l'époque, seul le Führer pouvait l'inspirer. C'est pourquoi il écrivait ce qu'on pouvait lire dans ses lettres, et pour conclure, juste avant le *Heil Hitler,* il ajoutait une formule revenant à dire que le Führer réglerait bien tout. Et le compte des ennemis de surcroît.

Ma mère était à chaque fois un peu froissée qu'il lui imposât dans ses lettres de lire de telles déclarations. Elle commença par être froissée, puis en fin de compte, elle ne fut plus que déçue, et peut-être ne sut-elle plus vraiment, au bout d'un certain temps, si elle était déçue par son mari ou par le Führer.

Au cours des trois années de son mariage, elle avait très vite eu le sentiment qu'ils se connaissaient mutuellement aussi bien l'un que l'autre. Elle avait fini par être obligée de reconnaître, à son grand regret, qu'elle le connaissait bien mieux que la réciproque. En tout cas, elle prétendit toujours avoir pressenti longtemps à l'avance tout ce qui allait se passer. Et comme mon père, à cette époque-là, – du moins le supposait-elle – se trouvait à la base aérienne alors qu'elle séjournait temporairement dans le village de son propre père, il ne fut pas possible de vérifier. Elle envisageait les choses ainsi depuis qu'elle ne le voyait plus que très rarement, et c'est ce qu'elle croyait, sans doute parce que c'était pratiquement la seule certitude irréfutable qui lui restait.

Par ailleurs, je n'ai jamais complètement compris et encore moins été capable d'analyser la relation qui existait entre mes parents. Il n'y eut sans doute entre eux deux pas plus de différends et de querelles qu'il n'est habituel dans un couple, et mon père ainsi que ma mère semblaient aussi heureux de ne pas se voir pendant quelque temps que de se revoir au bout d'un certain temps. Séparations et retrouvailles leur étaient de toute évidence également agréables et il leur importait aussi peu à l'un qu'à l'autre de savoir pourquoi il en était ainsi.

Ajoutons que ma mère – j'ai entendu quelqu'un dire un jour qu'il fallait bien qu'ils soient à égalité – était vraiment belle, mais médiocrement douée en contrepartie pour offrir à mon père ce qu'il était en ce temps-là convenu d'appeler un foyer accueillant. Quoi qu'il en soit, lorsque mon père fut rappelé sous les drapeaux, ils débouchèrent ensemble, en quelque sorte sous l'égide du patriotisme, la meilleure des bouteilles que renfermait leur petite cave, burent à une guerre courte et victorieuse et, comme le Führer ne semblait pas vouloir se presser, ils burent aussi à la première permission du jeune époux.

Mon père était à la fois nazi et gynécologue. Il a exercé son métier pendant un certain nombre d'années à Hambourg, même après la déclaration de guerre. Puis il s'est retrouvé à Brandebourg, affecté à la base aérienne, c'était en 1941. On n'y trouvait pratiquement aucune femme. Néanmoins, mon père avait tout de même une seule et unique patiente : la femme du général, la seule femme d'officier qui habitât sur place. Le personnel féminin – préposées à l'entretien, auxiliaires, secrétaires – devait s'adresser au gynécologue qui consultait en ville. Les femmes des pilotes et des autres officiers ne venaient que pour rendre visite à leurs époux, et le faisaient de plus en plus rarement. La femme du général en revanche était toujours là, elle habitait la caserne, y avait ses règles. Et d'autres indispositions. Pour lesquelles – et pas seulement pour cela – mon père était là.

Mon père était donc médecin-chef sur une base aérienne de la Wehrmacht, parce que la femme de son général en avait décidé ainsi. Elle l'avait en quelque sorte découvert pour son usage personnel, quand elle l'avait vu quelques semaines auparavant à Berlin lors d'une soirée donnée en l'honneur de l'armée de l'air, et avait immédiatement couché avec lui, ce dont il avait éprouvé une surprise sans bornes. Elle avait effectivement réussi à obtenir de son mari qu'il dépose officiellement une demande d'affectation à sa base d'un gynécologue aux armées, et cette démarche de son mari ou d'elle-même (ou de mon père) avait été couronnée de succès. D'une part, le résultat escompté avait été atteint alors même que, dans cette période, il était de plus en plus difficile d'obtenir l'affectation de médecins sur des bases militaires à l'arrière, car ils avaient été nombreux à être envoyés au front avec les troupes, où ils avaient trouvé une vilaine mort héroïque ; d'autre part, mon père, qui n'avait que peu le goût d'un tel destin, après s'être concerté avec le général, avait été qualifié simultanément de praticien gynécologue et de spécialiste des maladies vénériennes masculines (domaine qu'il connaissait a priori réellement peu). Pour moi, avait dit le général, vous êtes spécialiste de ce qui se passe *en bas*. De fait, mon père fut vite sollicité très largement par des soldats que l'intensité de leurs souffrances amenait à refuser de prendre en compte les limites de la spécialisation médicale, et qui présentaient à mon père sans complexes particuliers leurs queues souvent bien amochées. Il avait ainsi appris très rapidement des choses qu'il ignorait complètement, dont il ne soupçonnait même pas l'existence.

S'ajoutait à cela le nom qu'il portait : Alfredo Guzman. Son propre père, donc mon grand-père, était originaire de

Puerto Cabello, au Venezuela – ce que confirmaient les rares photos que l'on possédait de cet homme de petite taille. Ambitieux négociant en fruits exotiques, secteur d'activité particulièrement florissant en ce temps-là, il avait débarqué à Hambourg complètement frigorifié au bout de trois semaines de traversée sur un vapeur chargé d'oranges. Il avait épousé en justes noces une jeune femme charmante, fille d'un homme aisé, fabricant de saucisses qui, n'ayant pas d'héritier mâle et heureux de ce gendre entreprenant, l'avait incité à laisser tomber les fruits exotiques pour les boyaux et les saucissons et à s'installer à Hambourg.

Au bout d'une année seulement, ce successeur plein d'avenir avait disparu sans laisser la moindre trace, abandonnant sa femme enceinte jusqu'aux yeux dans l'appartement de Blankenese dont elle était propriétaire – cadeau de noces de son père –, en d'autres termes, il l'avait plaquée, et on ne le revit plus jamais. Enfin, sans doute le revit-on à Puerto Cabello, mais le fabricant de saucisses renonça bientôt à poursuivre ses recherches, faute de résultats, mais aussi parce qu'il ne souhaitait pas voir sa fille malheureuse en mariage, et ma grand-mère se contenta de donner à mon père le nom du disparu, qu'elle chérissait toujours, Alfredo donc, ce qui n'a pas dû faciliter la vie de ce garçon plutôt timide.

Il avait par la suite tenté à plusieurs reprises et sans grande conviction de renoncer à faire usage du *o* de son prénom, mais il se trouva toujours dans son entourage quelqu'un pour s'en souvenir et le lui raccrocher ; il avait immédiatement abandonné son intention de modifier aussi son patronyme, dans la mesure où la première idée qui lui était venue à l'esprit était ni plus ni moins que *Gutsherr**.

---

* Transposition partielle de Guzman, qui s'appuie à la fois sur l'homophonie pour la première partie et sur une synonymie pour la seconde : *Mann* veut dire "homme" et *Herr*, "monsieur" mais aussi "maître", ce qui donne à *Gutsherr* le sens de "propriétaire terrien". *(NdT)*

Mais Guzman père avait au moins laissé une chose à son fils : les papiers d'identité et l'arbre généalogique qui convenaient. Dans la perspective de son mariage et pour l'acquisition de la nationalité allemande, qui devait immédiatement suivre, il avait apporté la preuve de ce que ses parents, grands-parents et ancêtres en remontant à trois générations au moins, étaient catholiques et de sang espagnol, ce qui dispensa mon père d'avoir à prouver sa qualité d'Aryen. C'était tant mieux, car ses ancêtres lui avaient transmis des traits fort différents de ceux de la plupart des gens qui arpentaient les routes de l'empire allemand. Son teint lui aussi s'éloignait de la pâleur que l'on attendait d'un Aryen. Pour couronner le tout, mon père était beau. Pas joli, pas beau garçon, mais beau, abstraction faite de ses oreilles incroyablement décollées. Il s'appelait Alfredo Guzman, gynécologue au service du Führer, et était beau.

En fin de compte, la beauté, même en ce temps-là, n'était pas seulement une affaire de goût, on aime ou on n'aime pas. Mon père avait par deux fois pu, en son jeune temps, s'en rendre nettement compte lorsque des passagers, montant dans le tram, l'avaient vu et avaient semblé glacés jusqu'à la moelle des os. Il s'agissait la première fois d'une femme, la seconde d'un homme, et mon père avait dans l'un et l'autre cas éprouvé une sorte de mauvaise conscience.

Pour moi, en la matière, les choses étaient plus faciles. Je ne connaissais que les photos de Hambourg, et de mon point de vue, mon père ressemblait à mon père.

L'épouse du général, ni froussarde ni lâche, comme on a pu le constater, n'avait pas résisté à une telle beauté, et se l'était appropriée sans faire de chichis. Elle était résolue à agir avec la même détermination en ce jour qui devait s'achever par une réception officielle, ainsi que l'avait décidé son mari. Au cours des dernières quarante-huit heures, on n'avait perdu qu'un seul appareil, contre quatre du côté de l'ennemi britannique. En outre, Ernst Udet, héros désormais de deux guerres et d'un entre-deux-guerres agité – "grâce au Führer!" –, faisait à la base la faveur de sa visite. Dès trois heures de l'après-midi, sous une pluie légère, s'était déroulée une petite cérémonie: une compagnie avait pris position pour rendre les honneurs et, lorsque la voiture de Udet, déjà en vue, s'était arrêtée cinq minutes au bord de la route sans que le visiteur en fût descendu (la raison de cet arrêt n'avait pas été communiquée), elle avait attendu dans l'humidité. Certes, ces cinq minutes de brouillasse avaient fait briller davantage encore les casques, d'autant plus qu'en raison de l'heure avancée dans l'après-midi les lampes qui éclairaient la cour avaient déjà été allumées.

Les festivités organisées sur ordre du général le soir même (ces événements se déroulaient le 15 novembre 1941) étaient tout de même légèrement insolites sur cette base aérienne où l'on s'y entendait pourtant en matière de célébrations de la survie quotidienne: en fin de compte, Udet n'était pas le premier venu. Excepté les deux officiers chargés de se rendre auprès de la veuve de l'aviateur abattu, tous étaient présents, y compris le docteur Guzman, qui n'avait été affecté à la base que deux mois auparavant. Tout ce que la cuisine pouvait offrir était là, et le mousseux, de marque Henkell, coulait à flots.

L'épouse du général, comme on pouvait s'y attendre, était debout aux côtés de son mari au moment où ce dernier prononça un discours qu'il commença en se raclant la gorge, comme si cela faisait partie du texte. Puis il fit en guise d'introduction quelques remarques obscures à propos d'un certain *Jupiter tonans* pour conclure par une comparaison assez malencontreuse entre le dieu Donar et Adolf Hitler, et ce discours fut conforme à son essence même: de circonstance et trop long.

C'est d'autant plus volontiers que tous se précipitèrent ensuite sur les verres déjà remplis, portant un toast au

Führer et à l'hôte de marque, puis s'égaillèrent autant que faire se pouvait dans les salles exiguës du mess.

Mon père, sans comprendre comment, se retrouva tout à coup à côté du général. Il leva d'un geste bref son verre à hauteur de son menton, louant d'un *Vous permettez ?* l'élégance rhétorique du maître de céans qui, à l'en croire, ne méritait ni plus ni moins qu'un tonnerre d'applaudissements. Et tandis que mon père – d'un ton martial, c'est sans doute le terme qu'il aurait lui-même employé – ajoutait quelques phrases sur la pluie, le beau temps et la Wehrmacht – les détails, ni lui ni ses deux auditeurs ne les enregistrèrent précisément –, la femme du général le regardait fixement tandis que le général fixait Udet, tous deux bouche ouverte (elle discrètement, lui d'une manière qui ne pouvait passer inaperçue). Lorsque mon père termina son développement, en gardant lui aussi la bouche ouverte, sur le mot "mê'veilleux", le général se noyait dans les yeux de Udet, tout comme mon père dans ceux de la femme du général et elle dans les siens.

Le général ne parvenait véritablement pas à détacher son regard de celui de Udet, et ils se faisaient face, d'une manière qui en toute autre circonstance n'eût pu paraître qu'étrange : Udet et son mètre soixante-deux et le général, un mètre quatre-vingt-onze, unissant le regard d'acier cherchant les hauteurs et le regard plein d'effusion orienté vers le bas, semblables en cela sans doute seulement au Führer face à son peuple ou à la femme du général face à mon père.

Quant au général, qui se faisait remplir à nouveau son verre, il avait déjà, quelques minutes plus tard, alors que les regards de mon père et désormais aussi ceux de Udet ne visaient plus d'autre cible que sa femme, laissé libre cours à son enthousiasme, et décrivait pour ses jeunes aviateurs les plus spectaculaires des soixante-deux victoires de son hôte de marque. Udet avait à plusieurs reprises au cours de la soirée prié le général de le nommer avec simplicité "Mon général", mais ce dernier s'obstinait à user du titre officiel de "général en chef directeur du département de l'armement de l'armée de l'air" et s'occupait exclusivement de Udet, au lieu d'accorder au moins de temps en temps son attention à sa propre épouse. Ce dernier en revanche se serait plus volontiers occupé de l'épouse de son hôte, ce dont, comme il n'avait pas manqué de le remarquer depuis un bon moment, mon père se chargeait.

C'est à cet instant précis qu'un des adjudants prit l'initiative d'engager une "brève conversation" avec Udet, qui Dieu merci dura un peu plus qu'il n'en fallut à la femme du général et à mon père. Ils avaient alors l'un et l'autre compris ce qu'ils voulaient et se dirigèrent sans guère se faire remarquer – personne n'avait pris garde à eux – vers le couloir qui menait aux toilettes, puis se retirèrent dans le petit cabinet médical de mon père. Il faisait nuit noire. L'ébriété du général était, le temps aidant, partagée par tous, situation que seul Udet, qui contrairement à sa réputation n'avait strictement rien bu, avait notée, avec déplaisir d'ailleurs. Tous les autres faisaient plutôt leur possible pour accompagner leur supérieur et, d'une certaine manière mon père agissait de même. Udet, après tout, quelle importance ?

Il devait l'apprendre. Dès le lendemain matin, qui commença pour mon père dans la petite salle de soins jouxtant son cabinet proprement dit, non comme à l'accoutumée dans un lit, mais sur ce que l'on appelait "carpette", un cadeau des marches orientales revenues dans le giron du Reich : mille tapis de ce style avaient immédiatement été attribués à la Wehrmacht qui avait procédé à leur répartition selon des principes d'attribution préférentielle, comme toujours parfaitement opaques. Mon père aimait laisser son regard se promener dessus, peut-être parce qu'il continuait à nourrir l'espoir – toujours déçu – d'y découvrir un motif identifiable. C'est donc sur cette carpette qu'il gisait, mon père, à côté de son lit de camp. Il regardait fixement l'armoire métallique laquée de blanc dans laquelle il serrait médicaments, instruments et formulaires de toutes sortes, et dont il lui semblait à proprement parler percevoir l'odeur en cet instant. Il tenta au cours de longues minutes de rassembler tant bien que mal les lambeaux de son souvenir, sans vraiment parvenir à un résultat.

Jusqu'au moment où Udet surgit dans sa tête. Non, en fait, il ne s'agissait pas de Udet, mais de son regard, et de la manière dont ses yeux avaient décrit des cercles et des loopings autour du corps de la femme du général puis l'avaient parcouru de haut en bas d'une allure martiale, rapide, encore et encore, jusqu'à ce que soudain ils croisent le regard de mon père qui explorait lui aussi ce même objet.

L'espace d'un court instant, la mémoire de mon père écarta Udet, il se hissa sur son lit et s'employa intensément à se représenter cette femme, ce qui eut pour conséquence immédiate de provoquer chez lui une érection non seulement en souvenir de ce qui s'était déroulé quelques heures auparavant dans la passion, mais qui semblait exiger que soit poursuivi ce qui avait été entrepris. Des exclamations murmurées comme *oui, bon sang, pas mal, allons donc,* et autres stupidités du même ordre exprimaient la manière dont mon père commentait pour lui-même cette scène qu'il imaginait.

Car dès qu'il avait refermé la porte de son cabinet sur la femme du général et qu'elle avait déboutonné sa veste d'uniforme (qui d'ailleurs, à son propre point de vue, lui allait à la perfection), elle s'était immédiatement, et en réprimant à peine un gloussement (était-ce le levier ?), hissée sur son fauteuil gynécologique.

Tandis que le général, au mess des officiers, continuait, par des propos de moins en moins intelligibles, à chanter les louanges de son hôte, de l'aviation en général et de tout le diable et son train, et que s'accomplissait dans le cabinet de mon père, sur un rythme à proprement parler effréné, ce qui devait s'accomplir, Udet était parvenu à faire comprendre au général qu'il avait le lendemain matin un rendez-vous urgent et important et devait par conséquent aller se coucher. Que pour rejoindre ses quartiers il lui ait fallu longer comme par hasard le bâtiment où était établi le petit cabinet de consultation de mon père, qu'un vasistas s'y soit trouvé depuis l'après-midi en position ouverte et qu'à travers cette imposte il ait entendu une voix qui lui était devenue familière dire et redire ou plus exactement crier "Quel bel homme, quel bel homme!" sur un ton de jubilation qui le traversa jusqu'à la moelle des os, tout ceci l'amena à s'adosser pour un court instant contre le mur, et il fallut que cela se produise précisément sous ce vasistas. Le chant qu'il entendit alors, modulé par la femme du général, lui fit penser à l'ultime percée à travers la chape de nuages, lui sembla la mise en musique de ce qu'il avait parfois éprouvé seulement dans les airs et en fait jamais auprès des si nombreuses femmes qu'il avait connues, lui apparut comme le looping ultime.

En reprenant son chemin, il frissonna. Il lui fallait désormais sa bouteille, assez maintenant de l'abstinence. En revanche mon père, qui n'avait bien entendu rien perçu de tout cela, et n'y aurait de toute façon rien compris, se disait en ce même instant qu'il était un sacré gaillard, et d'ailleurs, il n'était alors guère plus.

Mon père, donc, s'était hissé de cette carpette, qu'il avait sans doute considérée comme couche convenant à son allégresse, jusqu'à son lit, et un quart d'heure plus tard, s'était appliqué à retrouver la verticale, car une chose était certaine : sa consultation se déroulait de onze à treize heures, et même si personne ne risquait de s'y présenter, il devait impérativement être là, en uniforme et blouse blanche. Tenue seyante elle aussi, peut-être même particulièrement seyante, comme il n'avait pu s'empêcher de le constater ce matin-là en toute objectivité.

Quoi qu'il en soit, en entendant, aux alentours de onze heures et quart, frapper à la porte de son cabinet, il avait pressenti, pour une raison ou pour une autre, qui voulait le voir, et aurait été, s'il s'était trompé, très dépité. Il avait pu, en ouvrant la porte, constater que son infaillible intuition ne l'avait pas abandonné, et pria Udet d'entrer.

Le général en chef directeur du département de l'armement de l'armée de l'air interrompit d'un ton brusque mon père dans ses salutations, lui disant qu'il n'avait pas beaucoup de temps et ne souffrait d'aucun symptôme particulier, mais qu'en revanche, un problème le préoccupait, depuis aussi longtemps que remontait son souvenir, dont il souhaitait s'entretenir ici même et sans retard avec mon père. L'élocution de Udet était parfaitement intelligible et cependant, il se trouvait de toute évidence dans un état d'ébriété avancée. Le léger tremblement de sa voix ne l'empêchait pas de s'exprimer d'un ton vif et décidé.

Il expliqua qu'il n'était pas venu à cause de mon père, ni à cause de la nuit écoulée dont il avait suivi de très près et dans ses moindres détails le déroulement – et disant cela, il considérait avec une insistance extrême le fauteuil gynécologique qu'il avait visiblement évité de regarder au cours des premières minutes. La seule raison de sa présence venait du fait qu'il était désormais en mesure de parler du sujet qui le préoccupait.

Mon père, quand il eut l'impression que Udet était au bord des larmes, y vit exclusivement un effet de l'alcool, dont il ne percevait plus du tout lui-même les effets, en dépit de la quantité relativement importante qu'il avait ingérée au cours de la soirée de la veille. Il faut que vous m'aidiez, voilà ce que mon père entendit alors, une phrase qui tout au long de sa carrière avait eu plus qu'aucune autre le pouvoir de le déstabiliser, tout particulièrement quand, comme c'était le cas, un *je vous en prie* la suivait : Il faut que vous m'aidiez, *je vous en prie* !

Mon père garda le silence, et le désarroi que l'on put alors lire sur son visage avait fait disparaître tout ce que la situation pouvait avoir d'officiel. Il était sans doute plus bel homme que jamais. Udet l'avait peut-être inconsciemment noté, en tout cas il poursuivit, semblant s'être dans l'intervalle un peu ressaisi : Nous ne sommes pas égaux, j'en ai fait l'expérience au cours de ma vie agitée et je le constate à nouveau. Cette question ne doit ni ne peut bien évidemment vous préoccuper outre mesure, mon capitaine, mais je me permets seulement de vous poser ici même et en cet instant la question : y a-t-il des conséquences sur le plan intellectuel – j'ai entendu dire qu'un tel problème est fréquent chez les Juifs – quand un homme n'a jamais eu, aussi loin que remonte son souvenir, qu'un testicule, vous comprenez, une seule couille, et disant ces mots, il avait non seulement déboutonné sa veste d'uniforme, mais il était déjà en train d'ouvrir son ceinturon.

Mon père, faisant preuve moins de présence d'esprit que de crainte de se voir confronté dans les secondes qui suivraient avec le sexe matinal fripé du général en chef directeur du département de l'armement de l'armée de l'air, fit de la main gauche en direction de Udet le geste de l'interrompre, tandis que sa main droite était déjà parvenue sur le cuir du ceinturon de ce dernier, et que, se tenant tout contre le héros des airs, il se contentait de dire : Monorchidie, monorchidie, mon général, autrement dit un seul testicule, symptôme parfaitement bénin, quelle que soit la personne atteinte.

D'un air d'infinie tristesse – alors que mon père s'attendait sans doute à l'expression du soulagement –, Udet regardait dans le vide, d'un regard qui traversait mon père sans le voir, et ce dernier, qui avait reculé de deux pas et entreprenait avec un zèle désordonné de manipuler les leviers de son fauteuil gynécologique, demanda à son patient, ou plutôt à son non-patient, si par hasard il n'avait pas un jumeau, question à laquelle Udet répondit seulement : 26 avril, Francfort-sur-le-Main.

A cet instant précis, on avait à nouveau frappé à la porte, cette fois plus doucement, mon père s'était excusé d'un mot et avait ouvert, se retrouvant face à la femme du général, qui, sans attendre qu'il l'y invite, entra et se mit à chercher en disant *ma boucle d'oreille*, comme si Udet n'avait pas été le moins du monde présent dans la pièce. Celui-ci, dans l'intervalle, s'était non seulement complètement reboutonné, mais avança d'un pas décidé vers la dame, lui adressa sans mot dire le salut militaire, puis tourna les talons et disparut.

Mon père eut immédiatement la conviction d'avoir vécu un véritable événement, et non des moindres. Il lui semblait avoir reçu la réponse à une question qu'il n'avait même pas posée, il avait le sentiment que la scène qui venait de se dérouler le concernait lui aussi, mais il reconnut avec désarroi qu'il ne pourrait pas en savoir davantage. Il regardait toujours fixement la porte qui venait d'être claquée, sentant avec une sorte de légère inquiétude s'élever doucement en lui la ridicule formule *un événement historique, assurément*, quand la femme du général passa près de lui dans un bruissement d'étoffes en lâchant le mot *Retrouvée !* et ouvrit brusquement la porte, la laissant béante, ce qui permit à mon père non seulement de la suivre des yeux, mais aussi de voir Udet en train de lancer un ordre à son chauffeur, tout en se tournant vers mon père ou tout au moins dans sa direction, comme pour lui parler, alors même que les instructions qu'il donnait s'adressaient au chauffeur.

Cela se passait par une journée de novembre extrêmement douce, et mon père semblait en avoir une fois pour toutes tiré la conclusion qu'il ne s'agissait en aucun cas d'un jour comme les autres. Mais bien plutôt d'une journée d'une importance particulière. On pouvait, on devait même, la considérer ainsi.

Une formation de quelques hommes s'était assemblée et s'apprêtait, en cette matinée du 16 novembre, à rompre les rangs, au moment où mon père, sur le seuil de son cabinet, suivait des yeux les deux personnages qui venaient de le quitter à l'instant même, allant dans des directions opposées. Il eut sans doute l'impression soudaine qu'ils avaient un projet commun, il ne pouvait pas s'expliquer autrement le spectacle qu'il avait sous les yeux. Il y avait d'un côté ceux qui se dirigeaient vers un avenir, et lui, qui restait là.

Au fond, cela lui convenait, c'était ainsi, se disait-il de bonne foi, c'était la punition, et plus encore, la vengeance pour sa beauté qui chaque matin, quand il se voyait dans la glace en se rasant, lui lançait un défi qu'il ne comprenait pas. A l'un la beauté, aux autres le bonheur, il avait accepté ce partage, et c'est pourquoi il éprouvait un calme étrange quand un quart d'heure plus tard à peine – alors qu'il était tout juste en train de remplacer sa blouse de médecin par sa veste d'uniforme – l'ordre de se présenter devant le général lui parvint. Il pensa immédiatement savoir ce que cela signifiait pour lui : de toute évidence, le général était informé des événements de la nuit précédente. L'espace d'un instant, il n'y eut plus dans sa tête que le vide et un léger vertige.

Je ne sais pas, bien entendu, ce qui aurait pu être différent entre mon père et la femme du général de ce qu'il s'était peut-être lui-même imaginé. Et je suis certain de ne pas me tromper au sujet de mon père en supposant qu'il ne savait pas en quoi il aurait pu pendant cette fameuse nuit ne pas s'être comporté comme il le fallait. Tout comme il n'aura sans doute pas eu la moindre idée de ce qui avait poussé sa maîtresse de cette nuit-là – car c'est bien ce qu'elle avait été, en y prenant un plaisir extrême – non seulement à dire plus qu'il n'était nécessaire à son mari, qui, bien qu'il fût ivre mort, avait tout de même fini par remarquer son absence au beau milieu de la nuit, mais l'avait incitée à tenter de le persuader que l'accuser d'avoir noué une relation avec le général en chef directeur du département de l'armement de l'armée de l'air était une calomnie dénuée de tout fondement; ce dernier avait quitté la soirée de manière prématurée à cause d'un rendez-vous, ce dont tous étaient informés, et la situation, en tout état de cause scandaleuse pour le général, nécessitait une enquête sans délai pour identifier le coupable, ce qui imposait l'organisation de recherches extrêmement rigoureuses.

Quoi qu'il en soit, après le départ de l'ordonnance qui venait de transmettre à mon père l'ordre de se présenter immédiatement devant le général, un froid glacial l'envahit; ce fut son unique réaction. Puis, quand ses pensées tentèrent, dans une confusion effroyable, de se rassembler, ses mains se mirent à agir de manière autonome. Avec des gestes d'automate il tira de sous son lit une petite valise en cuir très voyante, unique héritage lui provenant de son père. Il s'agissait du cuir d'un reptile quelconque, sans qu'il en sache vraiment plus, et ses doigts avaient souvent exploré les irrégularités de son relief. Il y empila le strict nécessaire, sans avoir la moindre idée d'une destination, il n'avait qu'une certitude: il n'irait pas se présenter devant le général.

Comme les frissons ne se calmaient pas, il enfila son lourd manteau d'hiver, prit sa casquette, et quand il sortit dans la lueur laiteuse de novembre, il remarqua Udet qui, en cet instant précis, s'apprêtait à marcher vers une automobile. Immédiatement, quelque chose en lui détermina la direction que prenaient ses pas, il agita la main, alla droit sur Udet, fit le salut militaire et lui dit avec une présence d'esprit à peine concevable qu'il souhaitait lui donner des explications complémentaires en rapport avec l'affaire du matin; comme il devait lui aussi se rendre à Berlin – n'était-ce pas la destination première de Udet? –, il le priait, dans la mesure où cela était possible, d'attendre trois minutes afin qu'il puisse aller prendre sa valise et sa sacoche de médecin.

Udet acquiesça d'un signe de tête, mon père se précipita, et cinq minutes plus tard, il était assis aux côtés du général en chef sur la banquette en cuir, à l'arrière de la voiture, et franchissait sans aucune difficulté le poste de contrôle.

Udet regardait droit devant lui, mon père regardait Udet. Il avait de la peine à croire qu'il s'agissait là de l'homme qui, tout juste une heure auparavant, se tenait devant lui dans son cabinet, en proie à un désespoir manifeste. Il se peut qu'il ait soudain remarqué une vague ressemblance avec son propre père – comment cette idée lui vint-elle ? la valise ? –, le fabricant provisoire de saucisses et ci-devant négociant en fruits exotiques. Car son père, il ne l'avait jamais vu et ne le connaissait que par les photos de mariage, toutes marquées dans le coin inférieur droit de la signature en relief d'un photographe de Hambourg, ce qui fascinait mon père, enfant, presque davantage que les photos elles-mêmes.

Certes, à cette minute, sur le profil situé à sa gauche se lisait avec une netteté absolue le nom de Udet et il était quasi impossible de confirmer aussi rapidement une ressemblance avec le jeune marié d'autrefois. Mais pour mon père, les choses commencèrent de manière vague à se superposer, à s'entremêler. Avant même que l'affaire se soit clarifiée dans sa tête, il vit la bouche de ce profil s'ouvrir, demeurant un instant dans cette position, puis se refermer.

A propos, nous allons d'abord faire un détour, vous verrez. Mais où voulez-vous vraiment aller ? entendit-il enfin Udet lui dire, et il le vit au même moment fouiller dans le vide-poche devant lui d'où il sortit une flasque argentée dont il dévissa lentement le bouchon.

A Berlin, telle fut sa réponse, bégayée, malgré sa brièveté.

C'est stupide. Vous ne pouvez plus aller à Berlin, et vous le savez bien. Vous venez de déserter. Encore une fois : où voulez-vous aller ?

Dans ce cas, au Venezuela, mon général. Au Venezuela.

2

Impossible de ne pas percevoir que mon père éprouva une bien plus grande surprise que Udet en s'entendant prononcer le nom qu'il venait de dire. Ce dernier avait fini de dévisser sa flasque et, après en avoir bu une généreuse rasade, il l'avait tendue à son compagnon de route qui affichait une mine consternée. A nouveau, les pensées les plus décousues se bousculèrent dans sa tête. Avait-il vraiment dit Venezuela ? Prenait-il par hasard Udet pour le responsable d'une ligne aérienne, pour une sorte de chauffeur universel, auquel il suffirait de dire où l'on veut se rendre ? En fait, c'était tout simplement la peur qui envahissait en cet instant mon pauvre bel homme de père, une peur panique.

Non, effectivement, il ne lui était plus possible de retourner à Berlin. Ce qui signifiait aussi qu'il ne pouvait plus aller nulle part en Allemagne, sauf à se rendre comme déserteur de la Wehrmacht, et les conséquences d'un tel geste étaient si monstrueuses qu'il valait mieux qu'il ne se les représente pas davantage en ce moment précis. Il se rendit compte qu'il se mettait à trembler et entendit Udet lui dire : Avant de renverser ce truc, vous feriez mieux de boire.

Il tenait en effet toujours la flasque et la porta à ses lèvres sans même en essuyer le goulot, puis but trois gorgées d'un excellent cognac qui lui fit immédiatement l'effet d'une torche brûlante allumée dans son corps. Ce n'est qu'en buvant, en relevant le menton, qu'il remarqua, en biais devant lui, la tête du chauffeur, ce qui ne fit que renforcer l'embrasement de son gosier. C'est Kowalski, indiqua Udet, seulement Kowalski. C'est comme s'il n'était pas là.

Tandis qu'en lui la chaleur refluait lentement, mon père commençait à distinguer de plus en plus nettement les ruines qu'il s'apprêtait à laisser derrière lui : sa carrière, sa famille, sa femme. Et une maîtresse dont il préférait ne pas se demander si elle valait la peine de tous ces sacrifices. Mais il avait compris sur-le-champ qu'il ne pourrait plus rien changer à la situation. Il était là, assis dans son beau manteau gris d'aviateur sur la banquette arrière en cuir de l'automobile de marque Wanderer du général Udet, sa casquette sur les genoux, regardant droit devant lui. Vers ce lointain où, dans une heure, émergerait Berlin, son infamie, sa perdition.

Selon les informations dont il disposait, on était livré directement, immédiatement, au tribunal militaire, et il vit spontanément une scène de tribunal surgir devant ses yeux, présidée par le Führer, absolument, qui, sans dire un seul mot, exprimait la sentence, la seule qui puisse en une telle situation entrer en ligne de compte. Mon père se remit à grelotter, rien d'étonnant à cela.

La voiture continuait sa route. La bruine était depuis longtemps devenue pluie persistante et il faisait vraiment sombre. Depuis la banquette arrière, on ne discernait pas grand-chose dans le faisceau lumineux des phares. Rares étaient les voitures qui, de temps en temps, venaient en sens inverse, et quand il y avait des maisons, elles semblaient très loin de la chaussée.

Ce fut naturellement Udet qui rompit le silence, et une fois de plus, son débit était rapide et traduisait sa concentration : L'alternative est simple, vous le savez et il m'est sans doute permis de supposer que vous venez d'essayer de vous représenter de manière concrète une des deux issues possibles. Je peux vous assurer que vous ne serez guère parvenu qu'à une pâle esquisse de ce qui vous attend, la réalité est de loin plus misérable que vous n'êtes en mesure de le concevoir en ce moment. En fait, le Führer considère que ce genre d'affaires le concerne directement. Aussi lamentable que soit le cas – et le vôtre l'est vraiment, docteur –, le Führer y voit toujours une offense personnelle. Alors, il punit. Il ne se venge pas, il punit.

Arrêtez, je vous en prie, arrêtez, dit mon père, cherchant à l'interrompre, mais sa voix était presque inaudible, comme prise par les glaces, aussi l'homme à côté de lui poursuivit-il sans marquer la moindre émotion : Il a tout à fait raison d'agir de la sorte. N'allez surtout pas croire (mon père n'avait même pas encore envisagé cette éventualité) que le fait que vous soyez en ce moment assis dans mon automobile puisse signifier que je ne partagerais pas l'avis du Führer. Bien au contraire : le caractère manifestement irréfléchi de votre façon d'agir me prouve combien les principes fondamentaux de notre idéologie sont peu profondément ancrés en vous. Vous ne devez votre présence ici qu'au gros cul.

En disant ces mots, Udet s'était tourné d'un mouvement brusque vers mon père, ce qui permit à ce dernier de voir d'abord que la bouche de Udet avait prononcé le *u* du dernier mot non pas en pointant les lèvres, de manière franche, mais l'avait émis, ou mieux, écrasé, en laissant retomber les commissures de ses lèvres. Quoi qu'il en soit, mon père avait immédiatement compris de qui il était question.

Et le voilà qui prétend m'accrocher l'Angleterre comme une casserole à la queue, poursuivit Udet. Alors que je lui ai affirmé dès le meeting aérien de Dresde en 1925 (tout en parlant, il avait recommencé à tripoter sa flasque et cette fois, ce fut lui qui en renversa un peu sur son uniforme, au niveau de l'entrejambe, bien entendu sans s'en rendre compte) que le jour où les choses en seraient à nouveau là, les gars devraient s'entraîner, s'entraîner encore et encore. (Il s'apprêtait à tendre la flasque à mon père quand il se rendit compte qu'il n'avait pas encore bu lui-même ; il corrigea cet oubli en se versant une bonne rasade, jusqu'à vider son flacon.) Ils les envoient en l'air et s'imaginent que ça suffit. Mais ça ne suffit pas, absolument pas, il y a belle lurette que les Tommys l'ont compris.

Kowalski se racla la gorge, et mon père ne savait plus où tourner ses regards. Bon, parlons d'autre chose. En ce qui concerne votre affaire : vous allez venir avec nous, aujourd'hui et demain, vous ferez ce que je vous dirai de faire, sans discussion, sans aucune discussion, compris ? Donnez votre passeport à Kowalski, et dès la nuit prochaine, vous serez en route vers le Venezuela.

Mon père se tut, tenta en vain de rassembler ses esprits et répondit seulement : Oui, oui, mon général, puis il fit mine de claquer ses talons, qui semblaient d'ailleurs vouloir se rapprocher. Il aurait aussi pu dire *Oui, destin*, ou quelque chose d'analogue, quoi qu'il en soit, l'entreprise visait sans doute celui qui avait été qualifié de gros cul, il verrait bien.

La flasque finit par arriver jusqu'à lui, et cette fois, il en essuya le goulot d'un geste rapide, la porta à ses lèvres, mais c'est seulement en l'inclinant qu'il se rendit compte qu'elle était vide.

Allons, Guzman, imbécile, on va vous en sortir, de cette ornière !

Mais pour l'instant, c'était bien la Wanderer qui était prise dans les ornières, conduite par Kowalski d'une main souple. Celui-ci s'engagea cependant à vive allure dans des virages aboutissant de toute évidence à une maison de maître dont la silhouette se rapprochait à la lueur de la demi-lune. Le gravier crissa sous les pneus. Kowalski freina et Udet dit : Maintenant, ne demandez surtout pas : où sommes-nous ? Le mieux est que vous ne posiez absolument aucune question, Guzman, faites tout simplement comme si vous étiez déjà venu ici un certain nombre de fois. Allez, docteur, ne faites pas cette tête-là, siffla-t-il à mon père qui, pendant tout ce temps, avait regardé fixement devant lui.

Ils sortaient tout juste de voiture, que déjà un domestique venait à leur rencontre, descendant les six ou sept marches du perron éclairé par une lampe sphérique blanche suspendue au-dessus de la porte d'entrée. Il semblait vouloir s'occuper avec Kowalski des bagages, tandis que Udet gravissait les marches d'un pas alerte et, tournant légèrement la tête, signifiait à mon père de le suivre.

Ce qu'il fit. A l'intérieur, dans un vaste hall s'élevant sur deux étages, ils furent accueillis par les dernières notes d'un nocturne de Chopin. Mon père, qui n'aimait pas Chopin, le reconnut tout de suite, éprouvant une sorte de soulagement à constater qu'en tout cas, certains circuits fonctionnaient à nouveau correctement dans sa tête. La dame qui venait de jouer se leva aussitôt et vint à leur rencontre, l'air le plus engageant qui soit, comme si l'arrivée de ces deux messieurs était un événement attendu de longue date. C'était une blonde élancée, et sa longue robe moulante était agrémentée d'un ravissant décolleté et garnie de deux rangs de ruches au bord des manches dont l'une s'élevait précisément pour leur présenter une main à baiser.

Ils furent salués comme de vieilles connaissances, impossible de ne pas remarquer qu'en ces lieux Udet était effectivement une vieille connaissance. Il ne se contenta pas de poser ses lèvres sur une main. Ils se laissèrent ensuite, la dame et lui, tomber dans un canapé en cuir noir et semblèrent immédiatement plongés dans une très sérieuse conversation.

Kowalski ne laissa à nul autre le soin de porter la sacoche de médecin et la petite valise de mon père au premier étage. Arrivé devant la porte de la chambre, il les déposa et pria seulement mon père de lui confier son passeport en vue, comme il l'exprima, de quelques formalités. Par ailleurs, le souper serait servi en bas dans une demi-heure.

Il en fut effectivement ainsi. Les plats furent accompagnés par un Trittenheimer Altärchen cuvée 1939, et le vin rouge était un vin de l'Ahr, auquel mon père, plutôt amateur de blanc, n'accorda pas d'attention particulière. Ils profitèrent aussi de la compagnie d'une seconde dame, petite, bien en chair, cheveux sombres, courts, robe noire décolletée de manière plus qu'agréable. Elle était pleine d'entrain, et par chance, mon père l'eut comme voisine de table.

Elle fut d'ailleurs la seule à parler presque sans discontinuer. Mon père pour sa part ne parvenait pas vraiment à trouver les mots adaptés à sa situation plus qu'aventureuse, pour peu qu'ils eussent existé. Rien ne lui venait à l'idée, et d'ailleurs rien ne s'imposait à son esprit. Tout, autour de lui – les dernières heures écoulées, cette maison –, était véritablement beaucoup trop inhabituel, et même incongru. Udet avait bu sans modération, faisant honneur aux vins, et affichait à nouveau cette expression déprimée et triste qu'il avait le matin même au cabinet, mais cela ne pouvait sans doute pas cette fois être dû à la monorchidie. La blonde considérait d'un air plutôt maussade les assiettes qui se succédaient. C'est Kowalski, et non le domestique de la maison, qui faisait le service, vêtu d'une sorte de livrée et ganté de blanc.

Après le dîner, la brune – dans son émoi, mon père n'avait bien entendu pas compris comment l'une et l'autre s'appelaient, et Udet semblait éviter d'appeler les gens par leurs noms – avait très rapidement disparu, sans prendre congé, tandis que la blonde s'asseyait à nouveau au piano et déchiffrait un autre morceau de Chopin. Udet, la bouteille de cognac à la main, se dirigea d'un pas un peu chancelant vers mon père qui jouait sans véritable intérêt avec une petite danseuse en terre cuite noire, la tournant et la retournant dans sa main avant de la reposer avec précaution.

Ce soir, nous attendons encore de la visite, ou plus exactement, j'attends encore de la visite. Vous resterez dans votre chambre, quoi que vous puissiez entendre. C'est seulement quand je frapperai trois coups à votre porte que vous vous lèverez, prendrez, s'il vous plaît, votre sacoche de médecin et me suivrez.

Mon père éprouva l'envie de lui tendre la main : Je vous dois des remerciements. Je n'ai absolument pas besoin de comprendre ce qui se passe (Udet opina du chef, et son hochement de tête donnait l'impression de devoir durer tout le quart d'heure suivant), mais permettez-moi une question : depuis le début, vous ne m'avez pas demandé ce qui me poussait à fuir la base aérienne. Comment pouviez-vous donc savoir que je quittais la troupe sans autorisation ? Et (il eut alors une expression qui semblait dire qu'il découvrait en cet instant précis des relations particulières entre tous ces faits) pourquoi n'avez-vous marqué aucune surprise en voyant l'épouse du général se présenter à mon cabinet ? Quelqu'un aurait-il incité le général à avoir certaines pensées ?

Udet sourit, ce fut la dernière fois que mon père le vit sourire : Vous êtes bel homme, Guzman, j'espère que vous êtes également bon médecin. Mais vous n'êtes pas très malin. Donc si vous voulez vraiment savoir qui a eu la langue trop longue : pas vous, en tout cas, docteur.

Bien évidemment, l'intention de mon père était de ne pas s'endormir, aussi les sons qui pénétrèrent son sommeil prirent-ils une tonalité proche du cauchemar : des portières de voiture, les portes de la maison qui claquent. Mais peu après, ce furent les cris de trois voix qui l'éveillèrent, l'une étant celle de Udet, une autre peut-être celle de la blonde, et la troisième, sonore et trop familière à force d'être diffusée par les postes *Volksempfänger** la voix de celui que Udet avait qualifié de gros cul. Il semblait être question de l'Angleterre, de responsabilité, et de quelque chose que malheureusement le Führer prenait comme une offense personnelle.

---

* Terme qui désignait les récepteurs radios vendus à bas prix de manière à être accessibles à tous, ce qui permettait à la propagande nazie d'aller jusque dans les foyers. *(NdT)*

Puis mon père s'était rendormi, et c'est alors qu'on frappa à sa porte, deux fois seulement, mais il se leva tout de même d'un bond, encore perdu dans les brumes du sommeil, et ouvrit la porte en maillot de corps.

Devant lui se tenait non pas Udet, mais – pratiquement de même taille – la petite femme aux cheveux bruns. En fait, elle ne resta pas longtemps sur le seuil, mais referma la porte derrière elle et poussa mon père – sa main pleine de mollesse à l'endroit où il était encore mou – devant elle pour atterrir avec lui sur le lit à baldaquin qui, auparavant, quand il s'était hissé dedans, lui avait effectivement semblé un peu grand pour une seule personne.

Ce qui se produisit alors fut la première action, ou mauvaise action, entièrement marquée par la situation précaire qui lui avait semblé jusque-là seulement angoissante et dans laquelle il s'était fourré lui-même, et bien étrangement, elle eut un effet libérateur.

Il se peut que la jeune femme se soit contentée de faire ce qui lui était demandé, et cette nuit-là, c'était à mon père qu'étaient destinées ses faveurs, tout simplement. Quoi qu'il en soit, ce qu'elle fit à la lueur de la demi-lune, elle le fit en s'y consacrant si pleinement que mon père pouvait se tourner, se retourner à loisir, elle avait toujours le geste juste.

Ni sa propre femme ni celle du général n'avaient été capables de cela. Non que cette femme eût fait preuve d'une inventivité particulière dans ce qui se déroula, mais simplement, et c'était pour lui la première fois, son corps se vit complètement, exclusivement, accorder ce qui lui revenait de droit. Si bien que, quand la rondouillette eut doucement tiré la porte derrière elle, il s'étira des tous ses membres en poussant un soupir de soulagement, comme s'il avait d'un seul coup grandi.

Il se réveilla cette nuit-là deux fois encore : la première, il avait entendu un choc étouffé et un gémissement. Il ouvrit sa porte avec précautions, une serviette de toilette ceignant ses hanches, franchit avec le même luxe de précautions les quelques pas qui le séparaient de la rambarde du balcon intérieur, se pencha un peu et vit alors Udet, absolument seul, son pantalon déboutonné descendu sur ses genoux, assis dans le fauteuil et s'occupant avec ardeur de son sexe : toujours en quête ? se demanda mon père avec le sentiment de celui qui a trouvé ce qui lui revenait, tandis que de la bouteille de cognac tombée de la table (ce qui expliquait le bruit sourd) se répandait par à-coups le liquide excellent.

Lorsqu'il se réveilla pour la seconde fois, peu après, ce fut un coup de feu qui fit bondir mon père, épouvanté : à nouveau la porte, la rambarde, et à ce moment-là, partout dans la maison, les lumières qui s'allumaient. Il vit alors Udet, le pistolet à la main, immobile, étendu par terre, et se retrouva promptement dans sa chambre dont il referma la porte derrière lui. Il s'habilla sur-le-champ, emplit la petite valise de son maigre bagage, et s'assit, le cœur battant, sur le bord de son lit, à sa gauche sa sacoche de médecin, à sa droite sa valise, son manteau sur les genoux.

Lorsqu'on frappa à sa porte par trois fois, il bondit, et le manteau glissa sur le sol, manquant le faire tomber. Il ouvrit, et sur le seuil, ce n'était bien évidemment pas Udet, mais Kowalski : Prenez vos affaires, venez.

Il descendit l'escalier le premier, mon père le suivant, sa valise dans la main droite, dans la gauche sa sacoche de médecin et son manteau. Les deux dames – un regard vers le haut lui permit de les apercevoir – maintenant complètement muettes, se serraient l'une contre l'autre, appuyées à la rambarde. Kowalski mena mon père jusqu'à Udet : Plus rien à faire ?

Mon père déposa ses affaires, chercha un pouls qui ne battait plus, mit le dos de sa main devant la bouche de Udet et rouvrit les paupières complètement pour les refermer ensuite. Mort, tel fut le premier mot qu'il prononça après les balbutiements enamourés de la nuit, puis : Plus rien à faire.

Alors, venez, fut la réponse de Kowalski, c'était peut-être même un ordre, et cette fois mon père se retrouva assis à l'avant, à la place du passager, dans la Wanderer, tandis que Kowalski mettait plein gaz et que l'on ne distinguait plus qu'à peine la demi-lune dans la clarté naissante.

3

Caracas. Capitale du Venezuela. A l'âge de quatorze ans environ, pendant une grippe qui se prolongeait, il avait appris par cœur l'ensemble des capitales du monde – ou au moins les plus importantes –, d'après un calendrier édité par un cercle biblique. Il y avait ajouté les anciennes colonies de l'empire allemand. Pas grand-chose de ce genre à trouver en Amérique du Sud, dommage. Si autrefois ce roi des Habsbourg, se disait mon père âgé de quatorze ans, avait uni ses nouvelles possessions non à celles de la partie espagnole de sa famille, mais à celle de la partie authentique, c'est-à-dire allemande, on y parlerait allemand maintenant. Toutefois désormais, on y parlait espagnol, une langue dans laquelle jusqu'à un passé tout récent mon père n'était pas allé au-delà de *hastalavistaamigo*.

Entre-temps, les choses avaient changé : dans l'avion qui le conduisait à Rotterdam, il avait découvert sous un tas de journaux un dictionnaire illustré dont il s'était emparé : *L'Europe en 23 langues. 1 000 mots illustrés. Publié par Sebastian Licht, en collaboration avec l'Institut Goethe et l'Académie allemande.* Depuis, il maîtrisait à peu près les mille mots d'espagnol.

Dans la Wanderer, Kowalski avait rendu à mon père son passeport en lui disant d'un ton calme : Le général en chef a tout prévu, ce fut sans doute la dernière de ses nombreuses attentions, et il vous prie de ne pas chercher à en savoir plus. En feuilletant le document, mon père avait très vite découvert quelques tampons inconnus et un sauf-conduit lui permettant de quitter les Pays-Bas occupés, ainsi qu'une enveloppe contenant trois mille dollars en billets craquants (Kowalski les avait qualifiés de provision de route), ainsi qu'une photo dédicacée par Udet lui-même : "A mon cher docteur Guzman. Ernst Udet." Quand pouvait-il avoir signé cette photo ?

L'avion pour Rotterdam décollait le jour même, et dès le lendemain, l'*Elvira* levait l'ancre ; grâce aux pavillons néerlandais hissés à sa proue, ce navire de commerce de taille plutôt modeste et comportant deux cabines pour passagers fut épargné par les deux camps adverses. Dans l'une des cabines un riche Juif, qui avait acheté les nazis, comme le révéla au bout de quelques jours le capitaine, et qui tout au long de la traversée semblait ne vouloir quitter sa cabine que nuitamment, voyageait avec sa femme. L'autre cabine, trois Juifs de toute évidence moins fortunés se la partageaient avec mon père, qui pour la première fois tirait un véritable avantage de son nom de famille : il s'appelait Guzman, leur dit-il, et se rendait auprès de sa famille au Venezuela, en espérant qu'il ne soit pas trop tard.

Le voyage suivit la route des Açores et de la République dominicaine, et dura dix-huit jours, que mon père employa essentiellement à l'apprentissage des mille mots déjà mentionnés ; un de ses compagnons de cabine, qui parlait déjà un espagnol tout à fait acceptable, l'aida de quelques éléments de grammaire.

Le temps, à part les premiers jours du voyage à travers la Manche et au long des côtes françaises, était splendide et, pendant les derniers jours, franchement caribéen. Les passagers étaient autorisés à se déplacer librement dans une zone précisément circonscrite à l'arrière du bateau, où avaient même été installés quelques sièges, si bien que deux jours sur l'Atlantique suffirent à donner aux quatre hommes un bon coup de soleil.

L'un des compagnons de cabine était d'ailleurs autrichien, quant aux deux autres, mon père n'avait tout d'abord pas osé leur demander d'où ils venaient, ils parlaient eux aussi un allemand tout à fait correct. Au début, il avait cru qu'il s'agissait de l'allemand parlé en Suisse, jusqu'au moment où il avait appris qu'il s'agissait de hollandais. Le fait qu'il avait pour compagnons trois Juifs ne posait guère de problème à mon père, car s'il retrouvait bien dans sa tête les opinions qui à cette époque-là avaient cours au sujet *du* Juif en général et s'il lui était arrivé sans aucun problème de se représenter ce que l'on qualifiait au mess des officiers de la base aérienne du "Juif en soi et pour soi" sous les traits d'une sorte de type au caractère immonde (je dois malheureusement ajouter qu'il ne se contentait pas de cette représentation), en revanche, des Juifs en chair et en os, c'étaient pour lui tout simplement des camarades de classe, ou des patients, ou comme à présent des passagers du même bateau que lui. Les seuls moments désagréables pour mon père avaient été les manifestations cachées ou ouvertes d'agressivité envers les Juifs, qui dès cette époque en effet sautaient aux yeux, même si on les gardait fermés. Dans la mesure où il était incapable de les refouler purement et simplement, mon père s'efforçait de leur trouver une sorte de nécessité historique. Le Führer avait pris dès le début cette question juive comme une affaire le concernant à titre tout à fait personnel, cela aussi sautait aux yeux.

À part les repas de midi et du soir pris à la table du capitaine, qui avait dès le départ strictement interdit ce sujet, il était inévitable, du moins lors des heures passées ensemble, assis sur le pont arrière ou dans la cabine, qu'il soit question de choses dont mon père ne sut pas au début s'il n'était pas préférable de se contenter tout simplement de ne pas y accorder foi. Il sentit rapidement que les récits des trois autres ne s'adressaient pas à lui, qu'ils ne le considéraient pas, du fait de son nom, comme un Allemand véritable, mais qu'ils se racontaient mutuellement leur histoire et n'avaient guère de raisons de vouloir s'en faire accroire les uns aux autres.

Le soleil brillait, ou bien la lune, il y avait à boire et à manger et sinon, pas grand-chose à faire, et les récits qui accompagnaient cette traversée étaient si abominables que seul le souvenir de la fin misérable à laquelle il était lui-même en train d'échapper donnait à mon père, à ses propres yeux, en quelque sorte le droit d'être l'un des quatre occupants de cette cabine.

Il s'était installé sur le pont arrière trois ou quatre caisses à oranges qu'il avait rapprochées, et se faisait un devoir d'y passer chaque jour quelques heures au cours desquelles il regardait au loin, considérant les vagues et les nuages de plus en plus rares au fur et à mesure qu'augmentait la distance les séparant de l'Europe.

La monotonie de la traversée le poussait à la mélancolie. Rien de plus, mais au moins cela. Plus d'une fois, assis sur sa caisse à oranges, il fut soudain envahi par la représentation de plus en plus nette de ce que sous le bateau, et donc en fait directement sous ses pieds, il y avait des milliers de mètres d'eau d'abord chaude puis glacée, avant d'arriver au fond. Il avait alors le sentiment d'être au-dessus d'un immense trou dont il sentait si violemment l'aspiration qu'il lui fallait se cramponner des deux mains à sa caisse.

Pendant un certain temps, l'Autrichien qui partageait leur cabine se joignit à lui – il faut noter qu'ils lui étaient tous trois, sans qu'il pût dire pourquoi, plus sympathiques sur le pont que dans la cabine. Mon père lui avait proposé l'une de ses caisses et ils se retrouvaient là, assis, plongés ensemble dans la contemplation. Au début, ils ne se parlaient guère, mais ils ne se gênaient pas non plus dans la méditation qui les entraînait loin du bateau.

Ce camarade de cabine était un altiste viennois peu bavard dans les premiers temps, un musicien de la Philharmonie, que mon père eut souvent du mal à comprendre, quand ensuite le musicien se mit à parler – ce dialecte lui était par trop étranger. Il lui raconta de plus en plus souvent ses conquêtes féminines, pendant ses tournées, puis à Vienne aussi. Il rapportait ces aventures en les ornant d'un nombre croissant de détails intimes, sans que mon père l'y eût encouragé, et le faisait avec une fierté étrangement honteuse.

Il se mettait aussi parfois à chanter, des airs qui n'étaient pas familiers à mon père, même s'il leur arrivait de résonner à ses oreilles comme s'il les avait déjà entendus. L'un d'eux lui plaisait tout particulièrement, peut-être parce que l'altiste l'interpréta plusieurs fois : *Je suis encore en dette devant le bon Dieu* et il arrivait alors à mon père de sombrer dans une longue méditation stérile.

Au bout de quelques jours ainsi passés ensemble, le Viennois demanda à mon père s'il n'avait vraiment rien à lui raconter *à ce sujet,* selon l'expression qu'il employa. Mon père répondit par la négative avec une spontanéité qui le surprit lui-même : Voici une dette que je garde volontiers devant le bon Dieu. A partir de ce moment-là, il se retrouva de nouveau seul sur ses caisses.

Mais les heures les plus riches de ce voyage sur les flots, c'est dans la cambuse de l'*Elvira* que mon père les passa. Il avait dès le troisième jour offert ses services gracieux au cuisinier, un Malais que mon père s'obstinait à prendre pour un Chinois. Le Malais avait ri et lui avait mis sans autre forme de procès un épluche-légumes entre les mains. Dans la mesure où mon père accomplissait sa tâche certes lentement, mais avec précaution, sans commettre l'erreur de faire des épluchures trop épaisses et taillées comme au sabre, son chef cuisinier était satisfait. Aussi passait-il chaque matin une bonne heure dans un coin de l'étroite cambuse, laissant tomber les épluchures en ribambelles dans un seau, suivies des yeux noirs, et pleinement conscient de son utilité.

De tout ce que le Malais racontait en préparant les autres plats, mon père ne comprenait bien sûr pas un traître mot, mais dès la deuxième fois, en s'approchant de la cambuse, il entendit que le cuisinier parlait même quand personne n'était auprès de lui. Il était de toute évidence un maître en matière de soliloque, car il semblait toujours commenter ses propres paroles par un bref éclat de rire aigu ou par de petites manifestations d'étonnement ou de doute. Mon père demeura cependant le figurant silencieux qui épluche les pommes de terre, personnage qu'il avait choisi d'être.

Un jour, à nouveau assis sur ses caisses à oranges, et alors qu'il n'avait encore échangé aucune parole avec quiconque depuis le matin, mon père bondit tout à coup et s'écria : *La voilà, elle souffle là devant!* Mais comme il y avait vent arrière, personne ne l'avait entendu, sauf peut-être la baleine elle-même, qui était effectivement en train de souffler bien haut un jet vers le ciel bleu avant de disparaître à nouveau. Mon père n'avait encore jamais de sa vie utilisé cette expression technique, mais d'un seul coup, elle avait surgi des profondeurs de l'une de ses lectures de jeunesse, et il l'avait lancée avec un enthousiasme sonore. Loin devant lui s'étendait le Venezuela, ce pays dont il s'était souvenu dans un moment décisif à tous points de vue, et il se mit à y penser avec la nostalgie de l'attente. Il avait envie d'avoir sous ses pieds la terre ferme, il voulait se trouver parmi les êtres qu'il s'était choisis.

Au quatorzième jour se produisit pourtant un événement qui surprit jusqu'au capitaine. Il fit en effet demander à mon père par l'intermédiaire d'un matelot de venir le retrouver dans sa cabine, où en plus du capitaine se trouvait aussi ce quatrième Juif que mon père n'avait rencontré qu'une fois lors de sa promenade le long du bastingage sans qu'ils aient échangé un seul mot. L'homme suait à grosses gouttes (ce qui en fait était le sort de tout un chacun sur ce bateau), et la situation fut rapidement expliquée : sa femme était sur le point d'accoucher. Certes, il n'aurait pas fallu cacher son état, mais les choses étant ce qu'elles étaient, et mon père étant médecin, comme chacun le savait (car bien évidemment le capitaine n'avait pas gardé cela secret), il fallait qu'il suive l'homme, qui l'en priait. Il serait payé largement.

Être utile de la sorte et en ce lieu sembla à mon père une chance extraordinaire, et il sentit immédiatement une grande sérénité l'envahir : non seulement il était médecin, mais il était en fin de compte gynécologue, spécialiste du corps féminin, et avait enfin de nouveau le droit de l'être. Certes, ce n'était plus au service du Führer, si tant est que ce dernier eût pris la chose à titre personnel, mais au service de la médecine. Il se précipita pour aller chercher sa sacoche, se rendit dans la cabine située à bâbord, qui d'ailleurs n'était en rien plus confortable que celle qu'il occupait, et découvrit une jeune femme qui reprit courage dès que mon père l'eut libérée du remords d'avoir agi en secret. Nous (car mon père faisait lui aussi usage du "nous" habituel aux médecins) nous allons maintenant mettre au monde un bel enfant.

C'est ce qu'ils firent tous deux, sans la moindre complication, comme s'il s'agissait d'un don du ciel qui n'avait pas l'intention de faire la moindre différence entre chrétien et juif, en tout cas pas en ce lieu, sous la protection d'un immense océan qui, comme il le sembla en cet instant à mon père, avait dans son apparente équanimité plus de sagesse que tout ce qui se trouvait sur le bateau, si l'on excepte le nouveau-né.

Il s'appellera Isaac, avait dit le père de l'enfant en demandant à mon père de lui permettre de donner en outre à l'enfant son propre prénom : Isaac Alfredo, ainsi fut-il nommé, et aussi Heinrich, sans que soit précisé à qui était dû ce dernier prénom. Le capitaine nota tout cela dans son livre de bord.

La santé de ce petit garçon fut dès cet instant, et pour les derniers jours de la traversée, le sujet dominant à bord, et au soir suivant, l'arrivée des matelots sur leur trente et un, devant la cabine du nouveau-né, où ils donnèrent une sérénade dans un néerlandais approximatif – car ces messieurs étaient originaires de pays allant des Célèbes au Surinam –, fut à la fois émouvante et belle.

C'est pourquoi, tout en étant très différent, ce que l'Autrichien, les deux Hollandais et le père de l'enfant se mirent là-dessus à chanter résonna avec des accents plus étrangers aux oreilles de mon père que les chants des matelots, et pourtant, son cœur manqua se briser d'émotion. N'était-ce pas lui qui avait mis au monde le petit Alfredo ?

Aussi ne fut-il pas le moins du monde surpris quand, après que se furent éteints les derniers accents du chant des matelots et du chant juif de bienvenue en ce monde, une petite pause se fit dont mon père, tout comme chacun des autres, comprit que c'était désormais son tour, lui qui, n'étant ni matelot ni juif, était cependant doté d'une belle voix également. Il s'avança donc de deux pas et, se redressant d'un air décidé, il entonna, après avoir, eût-on dit, cherché les premières notes dans le ciel étoilé au-dessus de lui, mais tout autant dans l'avenir qu'il allait pour quelque temps du moins partager avec le petit Isaac Alfredo Heinrich, le seul chant qu'il connût par cœur (outre quelques cantiques dont cependant aucun ne lui parut convenir) : *Das Wandern ist des Müllers Lust.* Au moins, c'était la version de Schubert, qu'il chanta sous le ciel de l'Atlantique, d'une voix de plus en plus assurée, et en outre, il la chanta bien.

Les applaudissements discrets qui s'élevèrent quand mon père eut terminé la dernière strophe se dispersèrent sur l'océan mais demeurèrent pourtant dans les cœurs, au moins dans ceux des parents du petit, comme pour leur confirmer qu'ils avaient bien agi. Ainsi tout était parfaitement dans l'ordre des choses quand, ayant pris congé les uns des autres, ils eurent tous regagné leurs cabines (l'enfant avait besoin de calme et peut-être aussi d'être allaité, il criait maintenant de sa petite voix comme s'il voulait lui aussi apporter sa modeste contribution à ce concert). Mon père se retrouva accoudé au bastingage, inclinant à tomber dans l'étrange méditation mal maîtrisée qui lui était propre, quand le père de l'enfant s'approcha de lui, une grosse enveloppe à la main, et lui dit : Vous aurez sans doute l'usage de quelques bolivars. En tout cas, ma femme vous est extrêmement reconnaissante, et je suis sûr que mon fils l'est tout autant.

Mon père empocha l'enveloppe et fut tout heureux de pouvoir maintenant contempler seul la lune qui, depuis la dernière nuit avec Udet, était devenue presque pleine, et son reflet sur l'eau.

Il regardait vers le large, où en fait il n'y avait rien à voir, et il regardait en lui-même, et tout d'abord, il n'y vit rien non plus. Je me dis qu'il dut être d'autant plus surpris par celui qu'il y rencontra pour finir : je veux parler de moi.

Il y avait environ trois ans qu'il s'était marié et deux et demi que j'étais né, une petite heure avant mon frère. Le grand navire bougeait doucement sous les pieds de mon père et il ne pouvait s'empêcher de penser que l'*Elvira* était devenue pour lui une sorte de patrie entre deux patries, et il se dit alors que cela aurait été bien, même si de toute évidence ce n'était pas facile à concrétiser, qu'il puisse lui-même être une sorte de patrie pour moi, son premier-né, et pour mon frère.

Il ne m'avait pas prénommé Alfredo, pas plus, il lui fallait bien se l'avouer maintenant, qu'il ne s'était de quelque manière que ce soit occupé de nous, et pour finir, il avait tout simplement pris le large. Et tandis qu'il en était encore à chercher ce mot dont il avait aussi fait usage en présence de Udet, afin qu'il puisse éviter cette fois que cela se produise, les larmes coulaient déjà sur son visage ruisselant de sueur. Isaac Alfredo Heinrich, murmura-t-il à nouveau pour lui seul, comme s'il voulait conjurer le sort. Mais quel sort ?

C'est au début de l'après-midi du 6 décembre que l'*Elvira* jeta l'ancre dans le port de Willemstadt, sur l'île de Curaçao. Mon père ne connaissait que de nom cette colonie hollandaise et uniquement à cause d'une liqueur qu'il n'avait encore jamais goûtée et, qui plus est, jamais vue.

Il en allait sans doute différemment du capitaine de l'*Elvira*: quand il ressortit du bâtiment tout en longueur construit sur le quai où il avait disparu deux heures auparavant pour y accomplir les formalités requises, il semblait manifestement très gai. Quel truc infect, furent les premières paroles qu'il prononça quand il fut revenu à bord en empruntant la passerelle, mais ça aide. Allez me chercher le bébé.

Il avait effectivement réussi à peu près sans difficulté à faire lever tout embargo sur sa cargaison après ce transfert que l'on peut qualifier d'internéerlandais, et fut autorisé à commencer à décharger dès le lendemain. Il en alla autrement avec la liste de ses passagers. Elle annonçait six personnes, or elles étaient désormais sept, et les deux douaniers du port flairaient une action illégale ou firent tout comme, sans doute pour faire monter les pots-de-vin. Comme le raconta le capitaine, il n'avait manifestement pas été très facile de leur faire comprendre, alors qu'ils n'avaient de toute évidence pas vu leur patrie d'origine depuis bien longtemps, et n'avaient sans doute aucune envie particulière de la revoir depuis qu'elle était occupée par les Allemands, qu'avec ces gros manteaux comme on en porte couramment à Rotterdam au mois de novembre, on ne remarque pas forcément qu'une dame est enceinte.

Une dame ? Telle fut la réponse brutale, que le capitaine rapporta non moins brutalement. Qui est donc la dame ici ? Ce ne sont que des Juifs apatrides que vous transportez. – Et aussi un gynécologue allemand, avait-il complété, lui, le capitaine. Vous pourriez bien à votre tour avoir besoin de ce genre d'homme.

Mon père, qui s'était beaucoup inquiété de son avenir immédiat au cours des derniers jours, n'avait en son for intérieur rien attendu d'autre.

Ne vous réjouissez pas trop vite, lui dit le capitaine comme pour refréner son soulagement, vous n'êtes pas encore arrivé au but qui est le vôtre. Dans l'intervalle, les parents et leur nouveau-né étaient montés sur le pont : le capitaine saisit aussitôt l'enfant d'un geste ferme et précautionneux à la fois, pour le lever bien haut, le tendant à bout de bras en direction du bâtiment de la douane, où, devant la porte, se tenaient en effet les deux douaniers, qui portèrent leur main à la visière de leur casquette d'uniforme pour signifier aux sept passagers qu'ils pouvaient descendre à terre.

Le capitaine, esquissant un salut, remit le petit à sa mère un peu inquiète, accepta deux cents dollars de la main du père – pour couvrir les frais de son inscription sur les livres de l'état civil de Curaçao, selon ses propres termes –, et comme depuis un bon moment tous ses autres passagers s'étaient eux aussi approchés avec curiosité du bastingage, il leur adressa également quelques mots.

Je vais maintenant prendre congé de vous, mais je voudrais aussi, avant de vous souhaiter bonne chance, car vous en aurez besoin, vous inciter à la prudence. Vous avez déjà pu le constater : on tentera partout de s'emparer de votre argent – j'espère que vous en avez –, aussi bien au Venezuela qu'à Curaçao. Mais vous ne pourrez sans doute pas faire grand-chose pour l'empêcher. En disant ces mots, il épongea de la main son front trempé de sueur et, comme s'il ne pouvait désormais plus tendre cette main à aucun d'eux, il la leva pour un léger signe d'adieu, avant de disparaître pour rejoindre ses hommes.

Il est vrai que mon père avait déjà anticipé la mise en garde du capitaine : il avait caché l'argent vénézuélien et mille dollars dans le double fond de sa sacoche de médecin, et déposé le reste entre deux chemises, dans sa valise, sauf quelques coupures de cent dollars qu'il mit directement dans sa poche.

Quand la petite troupe finit par pénétrer dans le bâtiment de douane exigu et qui sentait le renfermé, un monsieur un peu rondouillard et d'un certain âge se précipita vers eux, vêtu d'un costume clair qui n'avait pas été repassé depuis longtemps, un panama à la main, demandant d'une voix surexcitée le docteur Guzman. Mon père se dit tout d'abord que l'homme l'avait peut-être rencontré quelque part, et il lui fallut un bon moment pour réussir à déduire de son espagnol mâtiné de hollandais qu'il avait affaire au gynécologue de Willemstadt. Ce dernier avait déjà appris l'arrivée de l'étranger, mais surtout, il avait entendu parler de la manière dont le capitaine avait vanté ses mérites et voulait mettre les choses au point sans délai : il n'y avait pas de place à Willemstadt pour un deuxième gynécologue. L'un des deux fonctionnaires écarta l'homme, de toute évidence connu des services douaniers, et ce dernier quitta la pièce en protestant avec véhémence. Puis ils prirent les passeports des passagers et disparurent derrière une porte qui avait été, des années auparavant, peinte sans doute en jaune.

Au bout d'environ vingt minutes, les deux hommes revinrent et rendirent à tous leurs passeports, sauf à mon père. Les autres, après avoir l'un après l'autre payé une somme qui n'avait rien de modique, furent autorisés à partir, et ils prirent congé de mon père – le couple avec des effusions particulières. Quant à lui, il préféra garder le silence devant les douaniers, d'autant plus qu'il ignorait quel ton convenait en ce lieu.

Il s'agissait d'un ton très direct, comme il put très vite le constater. On lui indiqua que les voyageurs juifs dépendaient bien entendu de règlements tout à fait différents de ceux qui concernaient un Allemand – ils dirent en fait : un soi-disant Allemand. Mon père était particulièrement heureux de n'avoir jamais précisé qu'il était non seulement gynécologue mais aussi officier de la Luftwaffe.

Vous avez donc l'intention, d'après les indications de votre visa, non pas de rester à Curaçao, mais de poursuivre vers le Venezuela. Cela ne sera pas très facile. Car en ce moment, il y a quelques différends entre ce pays et le Reich, différends de nature politique bien entendu : avant que les choses ne soient complètement clarifiées, vous resterez ici, je vous recommande l'hôtel Impérial. Vous êtes prié de vous présenter ici même chaque jour avant midi, nous allons conserver votre passeport.

Mon père replia le document valant autorisation de séjour jusqu'à la fin de l'année et le mit dans la poche de sa veste, avec le reste des dollars. A côté du tampon, il avait lu la date du 6 décembre, ce fut pour lui comme un cadeau de la Saint-Nicolas. Les choses étaient ce qu'elles étaient, pensait-il, et c'est aussi ce qu'exprimait l'allure qui était la sienne quand il se retrouva sur la place du port inondée de soleil, avec ses deux bagages et son manteau. Étrange, il lui sembla frissonner, debout, là, clignant des yeux dans la lumière.

Il était attendu, par son confrère rondouillard, bien entendu, qui se dirigea droit vers lui et l'entraîna vers un banc avec vue sur la mer, cette mer que mon père venait d'avoir autour de lui pendant dix-huit jours, mais au moins, à l'ombre d'un haut tamarin.

Permettez-moi de me présenter : docteur Carlos Pieters, diplômé de l'université de Leyde et de la Charité de Berlin. Avant-guerre, cela va de soi (mon père comprit qu'il s'agissait de la Grande Guerre, de l'époque de l'empereur). J'exerce ici depuis près de vingt ans, et tout semble indiquer que j'ai encore vingt années d'exercice devant moi. Bien assez pénible.

J'imagine qu'on vous a recommandé l'hôtel Impérial ? C'est effectivement la meilleure adresse de l'endroit, minable, sale et coûteux, et pourtant, c'est la meilleure adresse. Mais il serait bien préférable que vous soyez mon hôte. J'ai deux chambres, disponibles l'une et l'autre en ce moment. Je serais très heureux de vous accueillir.

Le changement subit d'état d'esprit de son confrère rendit un instant mon père songeur, mais il comprit ensuite la chance que cela constituait, acquiesça de la tête, tout en refusant de la main quand Pieters fit mine de s'emparer de sa valise, et ce dernier se retrouva portant seulement le manteau, tandis que mon père le suivait, chargé de ses bagages.

Le soir même, tous deux étaient assis dans la vaste salle à manger basse de plafond de la maison du docteur Pieters, dont la porte était surmontée du mot "Clinica", qui promettait plus qu'elle ne pouvait tenir. Une jeune mulâtresse, qui ne cessait de sourire à mon père, tout aussi rondouillette que son maître le docteur, avait déposé sur la table une espèce de plat unique très épicé, dans une coupe, des fruits splendides de toutes les couleurs les attendaient, et le vin blanc un peu vert était rafraîchi : sans pouvoir rivaliser avec un vin de la Moselle, il était tout à fait buvable.

Mon père était épuisé. Avant le dîner, ils étaient retournés au village pour se rendre chez un tailleur chinois, que Pieters de toute évidence connaissait très bien, et qui prit les mesures de mon père comme il l'eût fait d'une armoire. Il s'engagea à lui confectionner pour le surlendemain, à un tarif très avantageux, deux costumes, deux chemises, etc. Comme pour lui donner un avant-goût de ses talents, il lui mit dans les mains un panama.

Au début du dîner, la conversation fut un échange entre confrères sur la gynécologie pratiquée dans des conditions difficiles. Elle prit ensuite un tour qui fit comprendre à mon père qu'il était préférable qu'il ne passe pas plus d'une nuit sous le toit de son hôte.

Pieters entreprit en effet de manière assez directe de parler de sa formation médicale et des deux années passées à la Charité, laissant libre cours à son amour de tout ce qui était allemand. Mon père avait une propension naturelle à écouter avec plaisir ce genre de propos, se sentait en lieu sûr et commençait à répondre volontiers aux sourires de la mulâtresse. Lorsque son hôte se mit à chanter les louanges des Allemands et de leurs extraordinaires succès militaires, invitant à plusieurs reprises mon père à boire à la santé du

Führer, se levant à chaque fois pour s'essayer à une sorte de salut militaire en claquant les talons, il éprouva certes un léger embarras, mais adhérait encore à ce discours. Ce n'est pas tant qu'il était fier de la gloire militaire allemande (et ces derniers temps – ce dont on n'était sans doute pas tout à fait informé ici – les choses ne se passaient pas complètement comme on l'eût souhaité), mais plutôt qu'il avait mauvaise conscience après les remontrances de Udet sur son manque de civisme, sans vraiment savoir si c'était à tort ou à raison.

Soudain, Pieters bondit sur ses pieds, sortit en courant, et au même moment, mon père sentit la main de la mulâtresse sur son épaule. En se retournant, il la vit de son autre main soulever un de ses seins, et pressentit bien entendu ce que cela pouvait signifier, sans pouvoir y songer plus avant, car Pieters revenait déjà dans la pièce en courant, brandissant une photo qu'il appuya contre la bouteille de vin et criant haut et fort *Heil Hitler.* C'était une photo du Führer, une photo dédicacée.

Il ne fallut pas longtemps pour que mon père retrouve en pensées le présence de ses compagnons de bord, plus réelle dans son esprit que lorsqu'ils partageaient la même cabine. Il se remémorait leurs récits et ce que l'océan qui les entourait savait de tout cela – il ne trouvait pas en cet instant d'autre façon de l'exprimer. Ce souvenir était en lui comme le léger crépitement d'éclairs de chaleur. Fixant le Führer, il s'adressa à son hôte, qui depuis un bon moment déjà était en train de débiter une tirade haineuse et assassine envers les Juifs, et se levant alors pour parler, mon père, dans toute sa beauté et déjà passablement ivre, lança d'une voix forte vers l'autre bout de la table: *Non.* Pieters bondit à son tour sur ses pieds en s'écriant *Mais si* tandis que mon père répétait *Non, non, non.* Ils se laissèrent alors retomber sur leurs chaises, l'un encore particulièrement surexcité, l'autre au contraire, et il en était lui-même surpris, très calme.

Le doigt tendu, mon père pria son interlocuteur de lui passer la bouteille, Pieters lui tendit en guise de réponse la photo du Führer, ce qui obligea mon père à le prier à nouveau de lui passer la bouteille, puis les deux hommes se mirent à rire tandis qu'un autre rire, impossible de ne pas l'entendre, s'élevait de l'endroit où devait se trouver la cuisine.

Il n'eut pas assez de temps. Tout simplement pas assez de temps. Tout se passa beaucoup trop vite ou tout en même temps ou de manière trop déroutante, évidente, sans aspérité. Il ne suivait pas.

Il avait ôté ses chaussures, était étendu sur une sorte de lit d'hôpital, écoutant les sons qui pénétraient par la fenêtre ouverte et résonnaient très simplement, sans qu'il puisse pourtant dire de quoi il s'agissait : un air à la mode, une danse, un chant populaire ? Il décida qu'il s'agissait de musique, sans chercher plus avant. Et de qualifier ce qui lui arrivait de vie.

Il s'était attendu à ce qui lui arrivait, on apprend vite, se disait-il. Il fallut seulement qu'il lui ferme la bouche, lorsqu'elle ne parvint plus à s'empêcher de rire. Mais il la laissait lui dire et redire à l'oreille en changeant chaque fois de ton *chiquito, bello*, et pour ne pas être en reste, il lui répondait en un chuchotement quelque chose qui ressemblait à *petite négresse ronde, gironde,* ce qui la faisait rire de plus belle et lui tout autant, puis elle se jeta sur lui à l'en étouffer.

"Salida", ce mot était écrit au-dessus de la porte qu'il allait franchir dans quelques instants. *Salida* = Sortie, c'est la traduction qu'il aurait lue dans son dictionnaire à côté de vingt-deux autres, si cela avait encore vraiment été nécessaire. A côté, il aurait vu une petite image : un monsieur en costume jaune avec un chapeau et un porte-documents qui franchit une porte noire à deux battants.

Mais voilà, il portait pour sa part un costume couleur sable – travail chinois de qualité, même s'il l'avait payé assez cher –, un panama, et dans les mains une valise et une sacoche de médecin. Il avait fait cadeau de son manteau d'hiver à la mulâtresse. On l'avait laissé moisir près de trois semaines à Willemstadt, à l'Impérial, qui était exactement aussi minable, crasseux et cher que l'avait annoncé le docteur Pieters. A ce dernier, il avait expliqué qu'il était préférable qu'il ne réside pas chez lui à cause de leurs divergences politiques, mais en vérité, il redoutait surtout les assauts de sa négresse ronde, gironde.

Il fut informé le 23 décembre que le lendemain, un caboteur partait en direction de La Guaira et le prendrait à son bord. Outre la somme due pour l'hôtel, mon père eut à payer de ses dollars tout neufs une taxe journalière, en échange de laquelle on lui remit son passeport, et il entra au soir de Noël dans le port de Caracas, à La Guaira.

Arrivé là, alors qu'il avait presque franchi la porte marquée "Sortie", il vit une fois de plus quelqu'un venir à sa rencontre pour le conduire dans une pièce sans fenêtre où un second officier des douanes, assis à une petite table, s'apprêtait de toute évidence à établir le procès-verbal.

Je suppose, s'entendit alors dire mon père, que vous arrivez précisément aujourd'hui dans notre pays parce que les vacances de Noël commencent pour nos collègues de Willemstadt. Cette journée a en effet quelque chose de particulier, nous aussi, Vénézuéliens, sommes de bons chrétiens, mais en ce qui vous concerne, ce n'est pas tout : hier, le gouvernement vénézuélien a menacé de rompre ses relations diplomatiques avec le Reich allemand. Il semble que nous ne puissions plus accompagner la politique menée par votre gouvernement. Cependant, comme nos deux pays ne sont pas encore en guerre, vous pouvez vous considérer comme notre hôte, sous certaines conditions bien entendu. Avez-vous des devises, et combien ?

Mon père, qui n'avait pas encore du tout réfléchi à l'état des relations diplomatiques entre le Venezuela et sa patrie, et découvrait soudain qu'il n'avait même pas de raisons vraiment explicites de vouloir se rendre au Venezuela – son père, certes, mais en dehors de cela ? –, s'entendit répondre *quelques centaines de dollars* et se rendit compte au tout dernier moment qu'il était en train de porter la main vers sa poche de poitrine.

Le fonctionnaire avait lui aussi remarqué ce geste : Vous permettez, je peux voir ? Et tandis que mon père, bon gré mal gré, sortait de sa poche l'argent qu'il avait fourré en vrac dans la poche de son costume tout neuf, les deux douaniers fouillaient sa valise et sa sacoche. Ils ne trouvèrent rien dans la seconde, mais dans la première, tout et tout de suite, entre les chemises, si bien qu'il ne vint rien d'autre à l'esprit de l'un d'eux que de dire (en employant le "nous" d'une manière qui avait manifestement cours aussi parmi les douaniers) : Tiens donc, qu'avons-nous là ?

L'autre s'empara des dollars tout neufs, alla vers la petite table, sortit une loupe avec laquelle il examina un des billets, le tendit vers la lampe, le renifla et sortit de sa poche un briquet avec lequel il l'enflamma.

Ils sont forts, les Allemands, mais tout de même pas tant que ça. Désolé, mais la République vénézuélienne se voit dans l'obligation de confisquer cette fausse monnaie. Si vous n'avez pas l'intention de contester notre décision, et je suis certain que vous n'en avez pas l'intention, alors, signez ici, vous êtes libre.

Était-ce là le dernier salut de Kowalski ? Ou de Udet ? Ou plutôt celui du Führer ?

4

Un chauffeur de taxi qui affirmait avec insistance être russe, alors qu'il semblait à mon père présenter un aspect très indien (peut-être était-il mongol ?), l'avait mené de l'Avenida Sur à la place Bolivar. Mon père venait de descendre de voiture et fixait le soleil en clignant des yeux quand retentit une explosion sèche qui de toute évidence ne dérangea personne, mise à part une foule de petits oiseaux perchés dans les arbres autour de la place, et qui d'un seul coup s'égaillèrent tous ensemble.

Ce n'était pas un coup de feu, cela fut vite établi, mais un problème de bougie sur un camion qui faisait à ce moment précis le tour de la place, transportant des soldats sur son plateau. Mon père les considéra, passant lentement à côté de lui, et compta par réflexe les hommes qui se dirigeaient vers l'Avenida Norte – il arriva à dix-huit – tout en s'étonnant d'avoir suivi d'un air tout au plus surpris les oiseaux des yeux sans penser immédiatement à la possibilité réelle d'un coup de feu.

Ou bien ? En tout cas, il s'était immobilisé, sa sacoche à gauche, sa valise à droite, ses yeux cherchant un banc sur lequel s'asseoir. Les soldats s'éloignaient, les oiseaux se cachèrent à nouveau dans leurs arbres, et déjà, il avait découvert un banc libre parmi ceux qui, nombreux, entouraient la place. Il marcha dans cette direction, en même temps, comme il s'en rendit rapidement compte, qu'une vieille femme qui de son côté, quand elle s'aperçut qu'il était plus rapide qu'elle malgré ses bagages, fit demi-tour, et ainsi, il eut le banc pour lui tout seul.

Le camion avait disparu. Mais en tout état de cause, il s'agissait des premiers soldats qu'il avait vus depuis sa fuite

– il était désormais capable d'utiliser lui-même ce terme. Il avait le sentiment qu'il fallait que lui vienne à ce propos une idée, mais il n'en trouvait aucune qui convienne véritablement.

La circulation automobile animée donnait un peu de fil à retordre aux piétons cherchant à atteindre le milieu de la place, une sorte de parc. Quelques nuages blancs flottaient dans le ciel bleu, vers lesquels il levait maintenant les yeux, tout comme il avait auparavant suivi du regard les oiseaux, et il s'aperçut qu'il était beaucoup plus important de réfléchir à ce qui allait advenir de lui désormais que de suivre des yeux des hommes exerçant un métier qui jusqu'à tout récemment était en quelque sorte aussi le sien.

Quand il avait quitté le bateau dans le port de La Guaira, il avait encore une vision tout à fait nette de ce qu'il allait faire dans l'immédiat : la douane constituait la première difficulté, et la seconde – comme si les taxis n'avaient pas existé dans cette partie du monde – était de savoir comment il allait parvenir au centre de Caracas. Ces deux problèmes étaient maintenant résolus, même s'ils avaient été accompagnés de la perte de quelques beaux dollars, il se retrouvait désormais en plein cœur de la capitale du pays où il avait voulu se rendre. Udet l'avait interrogé, il avait répondu : Au Venezuela. Udet avait usé de ses relations, quelles qu'aient été ses raisons, et c'est pourquoi mon père était là désormais. A Caracas, au Venezuela, en Amérique du Sud. Fuyant le Reich allemand, mais peut-être entre-temps ne fuyant plus son passé, qui méritait de plus en plus ce nom, et ne fuyant en tout cas pas Udet.

Oui, Udet. Sa mort, il l'avait certes constatée par lui-même, mais ce qui le poursuivait tout de même encore était très différent : il n'avait pas exprimé sa reconnaissance. Et il se prit à murmurer pour lui-même : Merci, Udet, merci.

Il avait réussi à s'échapper, et cela suffisait à expliquer l'étrange sérénité qui, depuis son arrivée à Curaçao, s'était de plus en plus nettement emparée de lui, une sérénité de nature si fondamentale qu'elle subissait à peine les aléas de ses humeurs changeant au gré des jours.

Assis là, il considérait la vieille qui avait trouvé place sur un des autres bancs. Elle lui faisait même signe en cet instant, semblait rire, il éprouva brièvement l'envie d'aller vers elle : au fond, elle était la première en ce pays qui l'ait reconnu. Mais il se contenta de répondre rapidement à son salut sans même réussir à lui rendre un petit sourire. Bien au contraire, il regardait fixement devant lui, suivant le trajet de deux fourmis qui transportaient ensemble un fragment de feuille pour l'emporter Dieu sait où. En tout cas, au moins, elles étaient ensemble.

La première chose à faire maintenant, c'était de se chercher une pension, puis une teinturerie pour son costume chinois qui avait été taché pendant la traversée de Curaçao à La Guaira, et de surcroît à un endroit gênant. Du rhum renversé, il en avait un vague souvenir. Quelle bêtise d'avoir à la dernière minute refusé le second costume, de peur de se faire rouler davantage encore. Et il lui faudrait sans doute chercher du travail.

D'un seul coup, il se rendit compte qu'il avait sans doute bu plus de rhum depuis son arrivée à Willemstadt qu'au cours de toute son existence antérieure. Du vrai rhum, et pas ce mélange de Flensburg, avec lequel, au cours des mois passés à Brandebourg, il s'était préparé plus de grog qu'il n'eût été raisonnable. Du grog! La température atteignait sans doute les trente-cinq degrés ici, sur son banc à l'ombre des palmiers, et la seule pensée d'un grog faisait perler la sueur à son front.

Il se leva, empoigna sa sacoche, sa valise, et traversa la place en direction de la grande église dont il avait entraperçu les quatre colonnes soutenant un fronton en surplomb, entre les arbres du parc, lors d'un premier coup d'œil circulaire. A l'entrée, deux mendiants tentèrent de le retenir, mais à cet instant précis, un prêtre d'un certain âge, homme de petite taille, sortait de l'église, et les deux mendiants cessèrent de l'importuner.

Une merveilleuse fraîcheur régnait à l'intérieur de l'édifice. Il avait lu sur une plaque apposée à l'entrée qu'il s'agissait de la cathédrale et qu'elle était vouée à sainte Anne – Anna était le prénom de sa femme, il eut un bref instant l'impression que sa valise hésitait tandis que sa sacoche voulait poursuivre la route, puis il se retrouva assis sur l'un des bancs du fond et respira plusieurs fois en prenant une profonde inspiration. Devant lui se dressait un autel recouvert d'une profusion d'or, flamboiement dans l'obscurité, Eldorado de piété catholique.

N'avait-il pas tout récemment rendu officielle sa rupture avec l'église catholique ? En fait, l'église n'avait jamais rien représenté pour lui, c'est ce qu'il se disait en cet instant à mi-voix. En outre, de l'extérieur, les églises lui avaient toujours semblé afficher trop de fastes et de pompe alors qu'à l'intérieur, au contraire, elles ne présentaient jamais assez d'ornements à son gré. En cet instant aussi, il prenait plaisir à contempler l'or sacré.

Et il respirait l'odeur de l'encens. A sa gauche, devant un autel latéral, vacillaient les flammes de multitudes de bougies, à droite il distingua un tableau sur lequel un moine, une hache plantée dans le crâne, traversait en courant et en hurlant une palmeraie. Ce tableau, ne l'avait-il pas déjà vu quelque part ?

Les palmiers, c'était cela. Il les avait vus pour la première fois dans *La Vie des animaux* de Brehm, un livre doré sur tranche qui avait appartenu à sa mère et dans lequel, ce qui ravissait l'enfant qu'il était, une feuille de papier de soie séparait les différentes illustrations. Les palmiers. C'est dans le port de Willemstadt qu'il en avait rencontré pour la première fois, et depuis, il en avait vu beaucoup, des petits, des grands, et de très grands. Rien ne lui montrait mieux que ces palmiers que sa vie avait changé et que changer de vie était étonnamment facile, qu'on le veuille ou non. Même s'il n'était pas encore devenu un autre, en tout cas, il n'était plus celui qu'il avait été du temps où Udet vivait encore. Il était désormais un homme sous les palmiers, cela lui plaisait ainsi. Il réussirait bien à éviter de se faire lui aussi planter une hache dans le crâne, et il eut un instant le sentiment qu'il ne devrait plus se faire aucun souci. N'était-il pas devenu, se disait-il, proche de ces hippopotames paresseux, à la grande gueule, qu'il avait eux aussi découverts dans *La Vie des animaux* de Brehm, au cœur d'un paysage des bords du Nil bordé de palmiers, animaux dont il savait qu'ils n'existaient pas sur le continent où il se trouvait – au moins, ça, il le savait. Il lui avait toujours semblé que c'était là qu'on avait découvert le petit Moïse. Pourquoi lui aussi ne découvrirait-il pas quelque chose? Ou pourquoi quelqu'un ne le découvrirait-il pas?

Il avait dû dormir. La main posée en ce moment sur son épaule semblait devenir de plus en plus lourde, et en ouvrant les yeux, en regardant vers le haut, il dévisagea le prêtre qu'il avait croisé à l'entrée de la cathédrale.

Pardon, c'est ce qui échappa à mon père, *Je vous en prie,* répondit le prêtre, et il fallut un petit moment avant qu'ils se rendent compte l'un et l'autre qu'ils avaient parlé allemand.

Une petite heure après, ils étaient tous deux assis dans une vaste et agréable salle du Palacio Épiscopal, installés à une petite table devant une grande et haute fenêtre qui donnait sur la place Bolivar, surmontant les cimes de deux palmiers. Un ventilateur tournait tranquillement, et devant eux, du café dans des petites tasses bleues, une carafe d'eau et deux verres apportés par un jeune homme qui avait l'allure – c'est ainsi que mon père avait pris l'habitude de formuler les choses en son for intérieur – qu'avaient les gens de ce pays. Pour la première fois depuis longtemps il lui semblait avec force que les choses étaient telles qu'il le souhaitait. Il se sentait bien.

Mon père n'avait pas été long à confier au prêtre son histoire dans tous les détails, lui avait donné son nom, raconté la manière dont sa vie s'était déroulée, ses origines, comment il était arrivé ici et pourquoi c'était justement le Venezuela qu'il avait choisi comme destination. La seule chose qu'il n'avait pas avouée à l'homme en soutane, c'est qu'il avait laissé derrière lui une femme et deux enfants, apportant en revanche sans l'avoir en fait vraiment voulu à l'évocation de la fin de Udet une précision d'autant plus grande. Dans ces conditions, est-il surprenant que le prêtre lui ait demandé s'il voulait se confesser ?

Mon père ne le souhaitait pas. Il ne l'avait plus fait depuis sa première communion, avait rompu avec l'Église – détail qu'il avait bien évidemment également tu au prêtre – et avait plutôt en cet instant le sentiment que c'était le destin qui lui était redevable d'une confession.

Il avait narré son histoire sans mauvaise conscience, mais aussi sans la fierté de l'aventurier. Il l'avait narrée parce qu'il y avait quelqu'un pour l'écouter et que de toute évidence il était grand temps de le faire, d'établir des relations entre les faits, pour lui-même avant tout. Le café lui semblait meilleur à chacune des petites gorgées qu'il buvait et peu à peu, sa propre histoire se mit à lui plaire de plus en plus, phrase après phrase, il se sentait impatient de savoir comment elle allait se poursuivre.

Mais en cet instant précis, ce qui l'intéressait encore bien davantage, c'était son interlocuteur, qui n'avait pas encore dit grand-chose en dehors de sa remarque *Moi aussi, je suis allemand.* Il fut d'autant plus surpris quand l'homme de Dieu dit de sa belle voix sonore, profitant d'un bref silence : *Je méprise les Allemands.* Sur quoi, il se leva.

Mon père lui aussi, plus effrayé que surpris, fit mine de se lever, puis, sur un signe du prêtre, se laissa retomber dans son fauteuil. Il écouta avec un étonnement croissant le père Arnoldo qui, arpentant à grands pas la pièce, exprimait avec un calme parfait et sur un ton très assuré son opinion.

Originaire d'une petite localité située en Forêt-Noire, le prêtre avait grandi à Francfort-sur-le-Main, puis porté ses connaissances théologiques à leur ultime perfection à Rome, au Collegium Hungaricum, avant d'exercer son premier ministère dans une commune du Rhin inférieur. Au commencement, il s'y était senti tout à fait bien, malgré les difficultés économiques qui frappaient cette région comme tant d'autres au début des années 20. La brutalité croissante dont les membres du Parti national socialiste faisaient preuve en public et la situation de plus en plus critique dans laquelle l'Église se trouvait – de son point de vue, Rome la laissait tomber – lui firent concevoir d'abord l'idée, puis le projet, de chercher l'exil en un lieu qui lui permette d'être éloigné au maximum de ces événements. Et si c'est le Venezuela qui avait été choisi, cette petite Venise, c'était par le plus grand des hasards.

Mon père se prit brièvement à se demander où il passerait la nuit suivante lorsqu'il entendit le père Arnoldo répéter à nouveau : *Je méprise les Allemands,* ajoutant aussitôt : *Mais on ne leur échappe pas.*

Cela le fit à nouveau sursauter, il ne pouvait s'empêcher de se sentir interpellé. Je ne veux pas parler de vous, poursuivit le prêtre, même si je peux bien entendu supposer que vous n'avez pas quitté l'Allemagne en tant qu'opposant au régime, mais seulement comme partisan de votre propre destin. Cela ne mérite certes aucun reproche, c'est vrai pour chacun de nous. Non, ce qu'il y a d'effroyable, c'est que désormais, ce national-socialisme a aussi atteint le Venezuela.

Nous avons, vous l'ignorez peut-être (effectivement, mon père n'en avait pas la moindre idée), à environ cent kilomètres d'ici une colonie allemande qui se nomme colonie Tovar et qui existe depuis près de cent ans. Jusqu'à tout récemment, il s'agissait d'une fondation parfaitement inoffensive et plutôt surprenante : y vivaient des Allemands dont le plus grand péché était depuis toujours de vouloir à tout prix rester entre eux. Les mariages avec des Vénézuéliens ou des Vénézuéliennes y sont absolument proscrits. Or maintenant, sous l'influence de compatriotes arrivés récemment d'Allemagne, mais surtout sous celle de quelques esprits particulièrement rigides – en fait, il s'agit d'une seule personne – déjà installés de longue date dans cette colonie, de tels mariages sont passibles de peines très sévères : là aussi on parle de "souiller la race".

Quoi qu'il en soit, un médecin spécialiste des maladies féminines sera le bienvenu dans cette colonie, surtout s'il vient d'Allemagne. Si vous êtes prêt à en profiter pour aider à éviter le pire au moins là, dans cette petite Allemagne loin de la grande, si vous le souhaitez vraiment, alors, accompagnez-moi là-bas la semaine prochaine, jeudi prochain. D'ici là, soyez, si vous voulez bien, l'hôte de notre évêque.

Au cours d'un trajet qui avait duré trois heures, le prêtre lui avait raconté l'histoire de la colonie Tovar et ses différentes étapes. Il avait annoncé par téléphone leur arrivée. La région qu'ils traversaient en direction de l'ouest devenait de plus en plus montagneuse, et aussi plus brumeuse. C'était l'après-midi, il y avait déjà un bon moment que l'auto roulait tous phares allumés, mais de plus en plus, ils éclairaient davantage le brouillard que la route. Ils durent ralentir l'allure.

La menace d'une rupture des relations diplomatiques entre le Venezuela et le Reich allemand, dont il avait déjà entendu parler à Curaçao, n'était de toute évidence pas sans éventuelles conséquences pour la colonie elle-même. L'administration autonome qu'elle s'était arrogée jusque-là de manière unilatérale semblait cette fois définitivement remise en cause.

On y tolérait les Indiens comme serviteurs et personnel domestique, imitant certes en cela les Espagnols, avait commenté le père Arnoldo, mais ce comportement avait été érigé immédiatement en règle volontairement humiliante. Or les Indiens, qui tout comme les métis occupaient maintenant dans les villes et tout particulièrement à Caracas des positions tout à fait importantes, par exemple dans la police, n'étaient plus disposés à accepter d'être systématiquement traités ainsi.

Ce qui cependant avait été décisif, c'est qu'un personnage arrivant d'Allemagne, installé à Tovar il y a quelques semaines seulement, avait réussi à contraindre un des plus anciens membres de la colonie à avouer qu'il était juif – il faut noter que jusqu'alors, aucun Indien n'avait jamais entendu parler de Juifs –, ce qui avait eu pour conséquence d'obliger cet homme à partir pour Caracas et à s'installer dans une maison de retraite catholique où il avait succombé au bout d'une semaine seulement à une attaque cérébrale.

Cet événement avait poussé le gouvernement vénézuélien à mettre une fois pour toutes un terme à l'autonomie administrative de la colonie. Il était manifeste, tant pour les ministères concernés, dans la capitale, que pour les instances de Tovar, qui risquaient ainsi de perdre toute marge de manœuvre, que cela n'irait pas sans une certaine coercition.

Le personnage évoqué précédemment n'était pas le dernier à penser de la sorte, ce pourfendeur de la pureté de la race, qui comptait au nombre des personnalités influentes de la colonie, ce qui était avant tout dû au fait qu'il avait une connaissance particulière de l'Allemagne, tout en étant vénézuélien, et savait comment se comporter envers les représentants du gouvernement central. A en croire le père Arnoldo, il était non seulement vieux, mais aussi malade, et selon toutes apparences, ce problème-là au moins trouverait de lui-même sa solution.

C'est dans la jeep conduite par le chauffeur fort habile du diocèse que le prêtre racontait tout cela à mon père, et il lui parla pendant tout le trajet par-dessus son épaule gauche : il était assis à l'avant, mon père à l'arrière. Il ne regarda d'ailleurs mon père droit dans les yeux qu'une seule fois pendant tout le voyage, au moment précis où il l'interrogeait sur sa famille.

Mon père avait réfléchi rapidement pour savoir s'il devait peut-être tout de même évoquer sa femme et ses enfants, mais en fin de compte, il opta pour un récit détaillé de l'histoire de son propre père, dans la mesure où il la connaissait. Quand le prêtre lui demanda : Savez-vous au moins s'il est mort ?, et que mon père ne put que répondre : Je ne sais rien du tout à son propos, cela encore moins que tout le reste, ils se turent l'un et l'autre et mon père se rendit compte qu'il ne s'était en réalité jamais vraiment posé de question sur son père ni sur ce qu'il avait pu devenir.

Il sera préférable que nous vous donnions un nom allemand, lança le prêtre tout à trac, Gutmann, Gutsherr ou quelque chose d'analogue, cela évitera au début qu'on vous pose des questions oiseuses, et personne ne demandera à voir votre passeport puisque vous arrivez avec moi. Gutmann, ça convient, répondit mon père, Alfred Gutmann si vous y tenez.

Désormais, ils se traînaient littéralement dans le brouillard de plus en plus épais qui recouvrait les montagnes. Mon père avait pour quelques minutes baissé sa vitre et sorti un peu la tête par la fenêtre : il ressentit tout de suite l'humidité dans ses cheveux et la rentra.

Des palmiers, voilà au moins ce qu'il avait pu constater, on n'en voyait plus à cette altitude, mais, comme le lui expliqua le prêtre, ils faisaient place à l'eucalyptus, l'arbre le plus courant dans ces contrées. Le silence avait envahi la voiture, il faisait ressortir le chant des oiseaux vivant dans les forêts touffues que traversait leur route. Il arrivait qu'un de ces oiseaux au plumage bigarré prenne son envol devant eux, en poussant un cri déchirant, comme si c'était le dernier. Puis le brouillard s'éclaircit, et ils découvrirent sur leur droite un abîme profond, tandis qu'à gauche, une pancarte les invitait à rouler lentement. En allemand.

Il y avait certes quelque temps déjà qu'ils le faisaient, le chauffeur ralentit cependant encore davantage à ce moment-là (un petit coup de frein devant un ruisselet qui traversait la route projeta mon père contre l'épaule du père Arnoldo), et l'inquiétude des passagers devint de plus en plus perceptible. Le prêtre cria d'un ton peu amène quelque chose au chauffeur, dont la nuque raidie indiqua qu'il avait compris, tandis que mon père essayait de camoufler sous des remarques concernant le paysage la gêne qu'il ressentit alors, s'adressant au chauffeur qui bien évidemment ne comprenait pas un mot de ce qu'il disait. Ou comprenait-il tout de même ?

D'un seul coup, mon père ne put s'empêcher de penser à Kowalski et se demanda si là aussi il s'agissait de quelqu'un qui savait faire bien plus que seulement conduire une voiture.

Ils s'engageaient maintenant dans un virage décrivant une large courbe sur la droite, et d'un seul coup, une large vallée avec pentes et plateaux s'offrit à leur vue, dans laquelle de nombreuses maisons, isolées, en groupe ou alignées, formaient une localité qui vue de la route avait l'apparence d'une construction due au hasard. Ni un village ni une ville, on aurait plutôt dit une construction de livre d'images. Les maisons tentaient d'avoir une allure aussi individuelle et unique que possible. Il s'agissait presque exclusivement de façades à colombages qu'on retrouvait à l'identique à une distance correspondant au tiers de la circonférence du globe terrestre.

Certes, le père Arnoldo avait préparé mon père à cette découverte, mais ce dernier ne s'était pas représenté de manière aussi concrète le caractère allemand de cette colonie. Il s'apprêtait à s'adresser au prêtre pour exprimer sa surprise quand un appel transperça le silence de la vallée.

C'était la voix d'un garçonnet de huit ou dix ans criant dans un allemand parfait : Je suis là ! Je suis là !

Mon père en resta bouche bée. Il fixait la direction d'où provenait la voix et au même moment, très loin, et pourtant juste devant ses yeux, il découvrait un enfant seul sur un balcon qui semblait bien plus correspondre à une maison de ville qu'on ne pouvait l'attendre en ce lieu. L'index tendu, l'enfant désigna, par-dessus l'épaule d'Arnoldo, un endroit de cette région que mon père voyait pourtant pour la première fois, comme pour lui montrer quelque chose qu'il était seul à connaître.

Quelques minutes plus tard, ils s'engageaient sur une sorte de place principale où un groupe d'hommes et quelques femmes s'étaient déjà rassemblés et avaient pris position, formant deux rangées approximatives, les hommes devant, les femmes derrière, rien que des visages européens. Mon père était encore en train de descendre de voiture, quand s'étant vite ressaisi, il lança au prêtre : La deuxième rangée est donc la mienne, à quoi le prêtre lui répondit : Nous verrons, nous verrons.

On avait de toute évidence observé depuis un bon moment leur approche. Les messieurs pleins de curiosité qui venaient maintenant à leur rencontre et les saluaient chaleureusement en allemand se révélèrent, comme on pouvait s'y attendre, constituer la direction de la colonie, que l'on appelait le Conseil. Un homme prononça une brève allocution dans laquelle il souligna surtout combien on appréciait les liens avec l'Église de Rome et combien on souhaitait les renforcer encore, en particulier avec l'aide du prêtre.

Ce dernier, qui avait écouté avec tous les signes d'une relative mauvaise humeur, fit une brève réponse dans laquelle il remerciait pour l'hospitalité qu'on lui offrait, à lui et au *médico*, ainsi que pour celle que la République accordait à la colonie allemande – et à ce moment-là, ses propos donnaient l'impression qu'il s'apprêtait justement à les en priver –, et surtout, pour celle que Dieu accordait aux hommes sur cette terre merveilleuse, aux hommes souvent si peu capables d'en faire usage. Le prêtre fit le signe de croix, dans le lointain une voix de femme appela un nom qui faisait penser à Alberto, et le prêtre entreprit de présenter mon père au Conseil, disant qu'il était médecin pour les femmes et pour les souffrances, mais aussi pour les joies particulières auxquelles Dieu les avait vouées.

Mon père éprouva un instant le besoin, sinon l'envie, de faire le salut militaire, mais se contenta en fin de compte d'un signe de tête. L'homme qui avait prononcé les paroles de bienvenue se présenta comme le bourgmestre, et précisa se nommer Johann Kleinjohann. Il remercia mon père, au nom de la colonie, d'être venu, ajouta quelques phrases plutôt obscures sur l'importance de l'Église dans des périodes révolutionnaires, s'embrouilla, et au lieu de poursuivre, fit indiquer, ce dont tout le monde, mais surtout ses hôtes, fut soulagé, les quartiers qui leur étaient destinés. Mon père – et il avait le sentiment de manquer ce faisant d'humilité – s'était déjà dit pendant le trajet qu'il lui faudrait bien entendu aussi un cabinet médical, et il avait eu la grande surprise d'apprendre de la bouche du prêtre que la clinique possédait même une table d'examen gynécologique.

Des saluts furent échangés et on prit congé pour quelques heures, avant de se retrouver le soir pour un petit dîner. Mon père fit un signe de la main au prêtre, qui se dirigeait vers sa chapelle, lui lança un remerciement et suivit un Vénézuélien qui le conduisit à une petite pension dont il apprit que, pour l'instant du moins, il était le seul occupant. Devant la maison, qu'ils atteignirent en quelques minutes, une femme à la peau sombre se tenait sur les quelques marches menant à la porte d'entrée, et mon père se dirigea vers elle comme si cela allait de soi. L'homme lui adressa quelques mots, pour signifier ensuite à mon père dans un allemand tout à fait correct que cette femme tiendrait dans un premier temps son intérieur.

Une demi-heure plus tard, la femme et mon père étaient étendus sur le même lit. Cela s'était passé sans le moindre effort, sans intention ni résistance. Elle, la peau foncée et peut-être pas très belle, mais avec un regard plein de désir qu'elle dirigea droit sur mon père, s'était trop approchée de lui dès le moment où il avait voulu, lui qui n'avait qu'une sacoche et une valise, les déposer dans l'entrée, et quand il s'était agi de lui montrer la maison et son installation, son sourire silencieux avait conquis mon père, ce bel homme aux oreilles décollées, que la proximité de cette femme si différente de lui-même emplissait tout de même d'une certaine gêne. Il s'était tourné vers elle, et elle s'était retrouvée dans ses bras, chargée des draps qu'elle s'apprêtait à étendre sur le lit, et que les dames de la colonie avaient il y a sans doute des décennies tissés pour les générations futures. Ces draps avaient alors atterri sur le lit, suivis par mon père puis par cette femme qui, d'une langue habile, avait rappelé à mon père tout ce qu'il n'avait pas oublié, au moins depuis la nuit passée dans la maison de Udet.

Ils se retrouvèrent étendus sur le matelas nu, étrangement entremêlés, absence et présence à la fois, lui dans ses bras, blotti, tremblant sans savoir pourquoi. C'est seulement là qu'il perçut son odeur, celle de la sueur bien entendu, comme tous ici et comme lui-même sans doute aussi, mais également d'autre chose, et il ne lui resta plus qu'à se dire qu'elle avait l'odeur de la couleur de sa peau. C'est ce qu'il continuait à penser en la regardant dans les yeux : il était désormais un homme sous les palmiers, et aussi un homme qui avait regardé dans de tels yeux.

Elle se serra encore plus fort contre lui et commença à lui parler, à voix basse mais avec un débit accéléré, il avait peine à comprendre le moindre mot, sauf son propre nom de temps en temps, ce qui le subjuguait véritablement et lui donnait le sentiment d'être dans ce pays enfin arrivé au but, d'y être accepté, comme si son nom était le mot de passe, le signe de reconnaissance. Il revenait sans cesse dans cette humeur joyeuse et libérée qui l'envahissait de plus en plus, mais cette fois, prononcé avec de tout autres accents. Tandis qu'il lui répétait – en allemand – *je ne te ferai pas mal, pas mal du tout,* elle semblait anxieuse. Elle se cramponnait à lui, au point que c'était par moment désagréable, et quand il se mit à rire, en quelque sorte pour se rassurer, elle lui ferma la bouche de la main, puis de baisers et encore de baisers, on eût dit qu'il s'agissait de la langue des anges.

Elle disparut presque sans qu'il s'en rendît compte. Il le sentit à la soudaine fraîcheur de sa peau, et remarqua aussitôt qu'au-dessus de lui tournait en outre un ventilateur, lent et régulier.

Il avait eu de la chance, à tous les points de vue, mais usait-il de cette chance avec la prudence requise ? Il avait rencontré le père Arnoldo, on semblait penser avoir besoin de lui dans la colonie, et par conséquent, il avait du travail, un toit, et sous peu sans doute aussi de l'argent – il fallait parler de ce point dès le soir, se dit-il –, il était à l'étranger parmi des concitoyens, donc presque un peu chez lui. Mais cependant, dès son arrivée, il s'était laissé aller à un comportement qui, s'il avait bien compris, était plus que proscrit dans la colonie Tovar : c'était un comportement frappé d'un interdit absolu.

Soudain, il repensa aux Juifs dont il avait partagé la cabine pendant la traversée, et au petit Alfredo, qui maintenant était sans doute circoncis depuis longtemps. Il avait non seulement espéré, mais véritablement cru qu'en ne faisant quasiment rien de plus que de se trouver dans le voisinage de ses compagnons de traversée, et en aidant, chose plus que normale, à mettre au monde cet enfant, il avait un peu réparé, pour sa part tout au moins, ce qu'il continuait à désigner pour lui-même comme *la question juive.*

Il n'avait rien fait, et rien n'avait changé. Il avait honte, d'une manière qui lui était inconnue jusqu'alors. Il avait vu les gens qui portaient l'étoile, parfois il s'agissait de ses propres patientes. Deux ou trois fois, des images l'avaient poursuivi dans ses rêves, et au réveil, il s'était chaque fois dit que son pays, sa patrie, avait le devoir d'abattre dix innocents pour chaque soldat ennemi qu'il ne parvenait pas à frapper. Non, il n'avait pas laissé tout cela derrière lui, il était toujours en Allemagne. Mais il était désormais résolu, avec l'aide de cette femme s'il le fallait, à échapper à l'Allemagne, à *son* Allemagne, une fois pour toutes.

Il grelottait. Il se leva, éteignit le ventilateur et alla se laver. En voyant son corps, il retrouva un peu son calme, son corps était encore suffisamment jeune ; mais d'un seul coup, il eut l'impression que sa tête était très vieille.

Il enfila sa dernière chemise propre et le costume chinois. Puis il sortit de sa sacoche de médecin l'une des deux bouteilles de rhum qu'il avait apportées, s'assit dans un des confortables fauteuils près de la table en rotin qu'il avait découverte devant l'une des deux fenêtres de son petit logement, et but directement à la bouteille.

Il ne lui avait même pas demandé son nom.

5

A nouveau, ce fut la main du prêtre sur son épaule qui réveilla mon père. Oui, il s'était endormi, peut-être sous l'effet du rhum : la bouteille, qui certes n'était pas pleine au début, était maintenant couchée, bien refermée et presque vide, sur la petite table devant la fenêtre. Son rêve avait été troublant, à la fin, ses deux jumeaux, mon frère et moi, venaient vers lui, lui montrant une feuille blanche en disant : Regarde qui c'est. En ouvrant les yeux, il rougit violemment quand il vit Arnoldo. Il s'en aperçu et parla au prêtre de Hambourg, dont il venait, dit-il, de rêver.

C'est bien, telle fut la réponse, Hambourg doit être une ville splendide. On m'en a parlé à l'occasion ici, et j'y serais volontiers allé. J'aime tout particulièrement les villes portuaires, oui, je les aime, surtout Caracas et son port La Guaina, et en disant ces mots, il regardait par la fenêtre, comme pour chercher à voir quelque chose.

Mais vous devriez vous préparer, je suis venu vous chercher, et comme nous sommes ce soir les invités d'honneur, nous ne devons pas être en retard, on nous en voudrait, à juste titre d'ailleurs.

Il faut que je prenne une douche, dit mon père, dont l'humidité de l'air avait de nouveau trempé la peau. Ou était-ce seulement la sueur, le rhum ? Et ses rêves ?

Vous avez dix minutes.

Cela suffira, lui lança mon père en disparaissant dans la salle de bains, où en même temps que le jet d'eau froide le frappa le souvenir de la femme, effaçant toutes les images de sa famille et de Hambourg.

Pendant ce temps-là, le prêtre était assis à l'endroit qu'occupait mon père l'instant d'avant, et faisait tourner la bouteille de rhum en lui imprimant de petites impulsions. Il cessa seulement quand son col fut orienté droit vers lui.

Le prêtre et le médecin se rendirent peu après dans la plus grande des maisons à colombages qui entouraient la place principale, au-dessus de la porte de laquelle on pouvait lire en lettres majestueuses “Au chêne d’or”. Mon père se sentait tout à fait reposé et, comme il le constata avec plaisir, sûr de lui comme il ne l’avait plus été depuis longtemps. La petite salle de bains, dans laquelle il avait pris une douche rapide, était garnie avec un soin qui révélait les attentions d’une maîtresse de maison : des petites coupes pour les savonnettes, des brosses en chiendent et des gants de toilettes l’y attendaient. Ce n’est pas que cela lui eût manqué depuis Brandebourg, mais il s’agissait tout de même d’objets qui de longue date lui étaient familiers et qui d’une certaine manière le rassuraient. Il était content de se trouver en un lieu où, malgré ses aspects surprenants, on avait besoin de lui. Pour une tâche pour laquelle il était compétent.

Oui, c’est de l’allemand, mais un allemand étrange, se dit mon père une fois entré dans la maison “Au chêne d’or”, en entendant les voix de tous ceux qui s’y étaient déjà rassemblés. Il reconnut des intonations dont il avait souvenir dans la voix d’un arrière-grand-oncle originaire de Hesse qui était toujours demeuré un étranger dans la famille hambourgeoise. C’était en quelque sorte un allemand gothique, mais aussi, comme il en eut à ce moment-là l’impression, un allemand comme on pourrait souhaiter l’entendre, formule qu’il exprima pour lui tout seul en éprouvant une sorte de légère satisfaction.

Ils furent accueillis par une jeune femme coiffée de tresses portant un costume régional que mon père ne connaissait pas, et qui elle aussi semblait très allemande. Elle leur servit un schnaps de bienvenue tiré d’un tonnelet qui lui pendait sur le ventre au bout d’une mince courroie, et qu'elle versa dans de petits verres. Mon père en prit un, et à sa grande surprise, le prêtre fit de même. Ils burent à la santé l'un de l'autre et s'adressèrent un signe de la tête : c'était du rhum, et pas mauvais du tout.

Vous buvez de l'alcool ? demanda mon père. Non, répondit le père Arnoldo, je ne bois pas. Je tente seulement de respecter les règles élémentaires de la courtoisie en réponse à l'accueil qui nous est fait.

Mon père se sentit un instant remis à sa place, mais dit alors : Moi par contre, vous avez déjà dû vous en rendre compte (ils se souvinrent tous deux aussitôt de la bouteille sur la petite table), je bois vraiment, en tout cas sur ce continent. Et puis, après un bref instant de réflexion : Beaucoup de choses ont changé pour moi depuis mon arrivée ici.

Pas les devoirs de votre métier ni les perspectives qu'il ouvre, j'espère, dit le bourgmestre de la colonie pour prendre part à la conversation. Excusez-moi d'avoir surpris votre dernière remarque, très intéressante d'ailleurs. Nous sommes effectivement tout à fait heureux ici que les troubles de l'histoire actuelle vous aient conduit jusqu'à nous. Nous apprendrons certainement un jour les dessous de votre histoire personnelle. Mais pour l'instant, ils nous importent peu : le passé est le passé, seul le présent contient l'avenir.

Oui, vous apprendrez de moi tout ce que vous appelez "dessous" – pour peu que cela vous intéresse encore un tant soit peu. Que cela concerne mes origines ou ce que vous appelez "l'histoire actuelle", rétorqua mon père, surpris lui-même par ses propres paroles. Nous nous intéressons à l'un comme à l'autre, cher docteur, mais pour cela, nous avons vraiment tout notre temps. Plus en tout cas qu'il n'en faut pour installer un petit service de gynécologie. Nous possédons certes avec le docteur Kuhlmann un médecin plein d'expérience – le hasard a malheureusement voulu qu'il soit obligé justement aujourd'hui de se rendre à la capitale –, mais les femmes de la colonie souhaitent depuis longtemps avoir un médecin qui s'occupe d'elles exclusivement, et pourquoi devrions-nous refuser d'accéder à une demande exprimée par nos femmes ?

Le bourgmestre ne sembla pas percevoir la contradiction contenue dans sa phrase et ajouta toute une série d'amabilités du même genre, ou qui voulaient passer pour telles, avant de conclure par une phrase dont mon père préféra ne pas examiner la légitimité médicale : Dieu merci, la femme allemande en tant que telle n'est pas facilement malade, mais cependant, sous un tel climat...

Ces femmes en pleine santé, ses futures patientes, manquaient complètement à l'appel en ce lieu, mon père le remarqua seulement à ce moment-là. Il n'y avait pratiquement que des hommes dans la salle, que d'ailleurs ni le prêtre ni le bourgmestre ne faisaient mine de présenter à mon père. Vous aurez l'occasion de faire connaissance avec tous, ajouta ce dernier sans en dire davantage. Les seules femmes présentes étaient celle qui avait des tresses et le tonnelet de rhum et deux autres qui assuraient le service. De toute évidence, aucune de celles que mon père avait vues l'après-midi même, au deuxième rang, n'avait été conviée.

La compagnie avait pris place autour d'une longue table en bois que ne recouvrait certes aucune nappe, mais qui pourtant était dressée avec beaucoup d'art, et même décorée de fleurs. Sur le côté en façade, deux des fenêtres avaient des carreaux en culs de bouteille – un don d'un de nos bienfaiteurs de Souabe, comme l'expliqua le bourgmestre à mon père –, tandis que le mur opposé s'ornait d'un impressionnant crucifix, flanqué sur sa gauche et sur sa droite de toute une série de tableaux très différents les uns des autres mais tous peints dans un style totalement dépourvu de charme.

N'ai-je pas tout à l'heure, quand on nous a accueillis, remarqué sur la place des femmes absentes maintenant ?

Mon père se risqua à poser cette question au bourgmestre. Absentes ? fut la réponse du bourgmestre. Elles ne sont en aucun cas absentes. C'est exact, à votre arrivée, vous avez vu des femmes, c'est un fait (mon père se sentit à nouveau rougir), mais effectivement, lors de nos réunions, nous n'avons pas coutume de les avoir avec nous. Non que nous ayons des secrets pour elles – que pourrions-nous d'ailleurs leur cacher ? –, mais nous pensons que la vie est plus facile pour tout le monde si nous répartissons de manière raisonnable les tâches qu'elle nous impose.

Je comprends, fut la seule réponse que mon père parvint à faire, et même cette réponse était déjà excessive. Les trois vestales de la salle apportèrent alors un rôti de porc qui avait l'air très appétissant. Cet avis semblait partagé par les autres messieurs. Il s'agissait, si l'on exceptait un vieillard de petite taille, installé en bout de table, de visages très allemands. Le rôti, une bière forte, moussant beaucoup, et le rhum qui était servi comme si cela allait de soi ici, les faisaient briller.

Déjà quelques-uns appelaient mon père docteur en le tutoyant, et deux ou trois entreprirent même de tirer au clair tel ou tel problème de santé de leur épouse, tout particulièrement un homme très corpulent et qui transpirait d'abondance, assis à côté de lui, qui s'était présenté comme marchand d'épices et autres produits coloniaux, et qui lui chuchota à plusieurs reprises : Aidez ma femme, docteur, aidez-la, je vous en prie.

Mon père n'était cependant pas certain, après avoir entendu les vagues indications données par cet homme, qu'il soit seulement question d'un problème gynécologique, et il s'efforça de repousser sa réponse aux prochains jours, quand son petit cabinet serait installé. Il faut d'abord que j'examine moi-même ces dames, s'écria-t-il, un peu à bout d'arguments, et là-dessus, il entendit le bourgmestre rétorquer : Il lui faut d'abord examiner ces dames, il commencera par examiner ces dames, ce qui lui valut un éclat de rire général exprimant une sorte de soulagement. Le simple fait d'avoir à leur table un spécialiste des maladies féminines était de toute évidence cause de gêne en ce lieu, mais mon père connaissait ce genre de situation. Ce qui l'étonnait davantage, c'est que personne ne lui demandait quel coup du sort l'avait envoyé ainsi au Venezuela, tous, sauf le bourgmestre, semblaient considérer la chose comme la plus naturelle du monde. Aussi ne demandait-il pas lui non plus d'où ils venaient ni quelles étaient leurs origines familiales, et s'efforçait bien au contraire de faire comme s'il était de longue date un des leurs. C'est d'ailleurs bientôt l'impression qui se dégagea.

Au rôti de porc succéda un gâteau au fromage blanc, très sucré, au goût de mon père, qui pour sa part ne mangeait que rarement des sucreries, et de toutes manières, à Hambourg, on faisait le gâteau au fromage blanc selon une recette différente, puis on resservit une tournée de rhum. Pour finir, les convives prirent congé les uns des autres, sauf le père Arnoldo, qui avait manifestement quitté la société sans se faire remarquer – du moins mon père ne s'en était pas rendu compte – il y avait un bon moment déjà, et quand pour finir le petit vieillard qui n'avait vraiment pas l'air allemand invita mon père à lui rendre visite sans tarder, dès le lendemain, il accepta avec enthousiasme, comme s'il venait à l'instant même de faire la connaissance du premier véritable Sud-Américain. En y pensant bien, et sans vraiment compter Curaçao, c'était tout à fait exact.

Il se déroba rapidement aux adieux échangés avec effusion devant la maison Au chêne d'or – personne n'était plus vraiment à jeun –, et à peine arrivé à sa pension, la porte tout juste refermée derrière lui, il soupira de soulagement. Au cours des derniers jours, il avait souvent pensé à sa famille restée en Allemagne, même si ces pensées perdaient de plus en plus en netteté, avec un mélange de mauvaise conscience et d'efforts pour donner plus de précision aux images, la plupart du temps sans succès.

Cette fois-là aussi : le souvenir de sa famille ressemblait à la photo qu'ils avaient fait faire environ un an auparavant chez un photographe. Il avait profité alors des réductions réservées aux membres de la Luftwaffe, et cela les avait amenés ce jour-là à choisir le plus grand agrandissement possible : cette photo était désormais accrochée chez lui, au mur de la chambre à coucher – cette pensée le fit sursauter –, alors qu'il n'en avait qu'un tout petit tirage dans sa poche. Ou dans sa valise ?

Il n'avait aucune envie de vérifier. Ce qu'il voulait, c'était installer un nouveau cabinet et se mettre au travail. Il espérait vivement que la table gynécologique et le reste du matériel seraient convenables tout comme l'était sa situation du moment. Mais cependant, quelle étrange compagnie, ce soir-là, peut-être était-elle d'une parfaite simplicité, mais en tout cas, elle était pour lui très nouvelle, et il se rendit compte qu'il était encore bien loin d'en comprendre les règles. Le bourgmestre avait-il d'une façon ou d'une autre eu vent de ses aventures de l'après-midi, qui pour lui n'avaient d'ailleurs rien de vraiment aventureux ? Les autres membres de l'assemblée avaient-ils vu en lui autre chose que le futur médecin de leurs femmes ? Et le prêtre, qui tout d'un coup avait disparu, si bien que mon père s'était un court instant senti comme abandonné ?

Abandonné ? Comme si elle avait attendu un mot semblable, la femme surgit dans son souvenir, son visage toujours étranger et pourtant déjà si familier, et d'un seul coup, il eut l'impression d'avoir depuis des mois partagé avec elle, avec nul autre, la cabine de l'*Elvira*. Il s'agissait d'elle, mais pas seulement d'elle. Il vit le jet d'eau étincelant lancé par la baleine sur la mer bleue, dirigé vers le ciel bleu, et s'abandonna complètement à cette image qu'il portait depuis longtemps au fond de lui.

Il se retrouvait à nouveau assis dans son fauteuil devant la fenêtre désormais complètement sombre. Il n'avait pas allumé de lumière dans la pièce, et se mit à fredonner pour lui tout seul. Il était en proie à un désarroi total et à une incertitude tout aussi totale. C'étaient des sentiments qui lui étaient presque déjà familiers.

Puis il s'était endormi pour de bon.

Le lendemain matin, dès neuf heures, mon père était debout, il se coiffait devant la petite glace de sa salle de bains, coinçant ses cheveux derrière ses oreilles décollées, et essayait de réfléchir à ce qu'il allait faire ce jour-là. Il avait rendez-vous à une heure chez le bourgmestre, pour préciser les questions pratiques de son installation, et avait prévu de répondre en fin d'après-midi à l'invitation du vieux Vénézuélien pour, comme il se le disait à lui-même, découvrir ainsi d'un autre point de vue le lieu où il allait désormais résider. Il avait du mal à mettre de l'ordre à la fois dans ses cheveux et dans ses pensées.

Il tentait à nouveau de tracer d'un trait décidé une raie dans ses cheveux encore mouillés quand on frappa à sa porte. Il demeura immobile quelques secondes, la main qui tenait le peigne suspendue au-dessus de sa tête, puis il reposa le peigne, se passa de nouveau la main dans les cheveux et se dirigea vers la porte.

Vous permettez ? Kurt Kuhlmann, médecin généraliste, votre confrère en quelque sorte. Petit, rondouillard, un crâne chauve, cela se voyait au premier coup d'œil, et au second, on découvrait le sourire particulièrement engageant de cet homme qui avait sans doute deux fois l'âge de mon père. En fait, je me prénomme Quirinus, mais Kurt sonne plus allemand, vous ne trouvez pas ?

Certes, absolument, s'entendit répondre mon père, tandis que ce monsieur jovial répétait : Vous permettez, et, s'avançant d'un pas décidé, obligeait mon père à s'écarter un peu puis à le suivre de l'entrée jusqu'au corridor comme si c'était mon père le visiteur. Kuhlmann s'installa à la table près de la fenêtre, tandis que mon père, qui avait vite retrouvé ses esprits, apportait une carafe d'eau et deux verres, à nouveau fort surpris quand son confrère lui demanda avec la même extrême cordialité qu'auparavant : Vous n'auriez pas un petit verre de rhum ? Ne m'obligez pas, en tant que confrère, à vous dire que pour nous autres gens du Nord, sous ce climat, cela peut être tout à fait bénéfique, même le matin.

Au cours des minutes qui suivirent, et que Kuhlmann entama par la phrase *Il s'agit indiscutablement de notre avenir commun,* mon père apprit qu'il devrait se contenter de traiter les maux féminins, et que tout le reste demeurait bien évidemment de son ressort à lui, Kuhlmann, que mon père devrait se procurer ou faire venir les médicaments qu'il aurait l'intention de prescrire exclusivement par l'intermédiaire de la pharmacie de Kuhlmann, et que le travail qu'il accomplirait ne serait pas payé par chaque patiente de manière individuelle mais par la colonie considérée comme une entité, et cela par l'intermédiaire de Kuhlmann. D'autre part, il n'y avait jamais eu de table gynécologique ici, et lui-même avait toutes ces années durant mené ses examens en utilisant une table ordinaire.

C'est très pratique aussi, conclut-il ses explications. A votre santé, à notre avenir commun, lança-t-il à mon père pour trinquer, en se versant après un bref éclat de rire dans le gosier le petit verre qu'il avait demandé et d'ailleurs obtenu. Mon père but de l'eau, un grand verre plein.

Je pense vous avoir bien compris : si je veux rester ici et y travailler, ce sera en quelque sorte en tant que votre employé.

Pourquoi en quelque sorte ? fut la réponse quasi charmeuse qu'il obtint. Il y a une chose que vous ne devriez pas oublier : vous arrivez de nulle part, vous arrivez de l'extérieur. Pour ma part, je suis à l'intérieur. C'est toute la différence. Pour le moment. Par ailleurs, mon cher confrère (et en prononçant ces paroles, il se leva), je suis très curieux de découvrir les connaissances médicales que vous apportez du Reich. A tout point de vue, la médecine allemande a, dit-on, connu une foule de bouleversements. Et en ce qui concerne la table d'examen gynécologique : le conseil vous en attribue une, mais exclusivement pour les patientes allemandes. J'ai déjà passé commande à Caracas. Il s'agira d'un modèle américain, mais les cuisses de nos dames ne le sentiront pas, et vous non plus. Je vous remercie de votre accueil.

Il sourit à nouveau, d'un air pour ainsi dire irrésistible. Puis disparut.

L'audience chez le bourgmestre fut très brève, il était incontestable que Kuhlmann avait déjà réglé l'essentiel. On demanda officiellement à mon père s'il voulait devenir membre de la colonie, et mon père répondit oui. Les aspects financiers, y compris un salaire de base modeste, furent précisés dans les termes déjà mentionnés par Kuhlmann. Des irrégularités – c'est ainsi qu'était qualifié en particulier le paiement d'honoraires privés – auraient comme conséquence pour mon père d'être interdit de séjour. Il était pour l'instant autorisé à résider provisoirement dans cette pension jusqu'au moment où se présenterait une solution adéquate.

A ce moment-là, mon père dit quelque chose et il comprit à l'instant même qu'il commettait ce faisant la seule faute qu'il n'aurait absolument pas dû commettre, même s'il tenait absolument à le faire. Il ne pouvait compter que sur lui-même, ce qu'il acceptait complètement : il priait que la femme qui lui avait la veille ouvert la maison continue par la suite à tenir son intérieur.

Pourquoi pas, répliqua le bourgmestre après une courte pause, pourquoi pas. Il allait en parler avec Guzman, c'était à lui qu'il revenait d'en décider. Mon père sursauta en entendant ce nom. Puis le bourgmestre ajouta en se levant lentement de son fauteuil : Ici, nous sommes au Venezuela et en Allemagne en même temps, au Venezuela parce que la carte de géographie le veut ainsi, et en Allemagne parce que c'est notre volonté. Nous supposons que c'est également la vôtre, que vous souhaitez vous aussi d'un cœur pur que demeure ici inviolé ce qui ne peut qu'à cette condition servir d'exemple au monde entier. Sur ces mots, le bourgmestre fit un signe de lassitude, mais aussi peut-être seulement d'ennui, adressé à mon père, qui était précisément devant lui et qui comprit qu'il lui donnait ainsi congé.

Devant l'édifice, quelques enfants jouaient avec un petit chien. Mon père, se retrouvant en plein soleil, s'apprêtait à passer auprès d'eux, et l'un des enfants, un blondinet aux yeux clairs, lui demanda qui il était. Je... commença mon père sans savoir comment poursuivre. C'est seulement quand il eut regagné sa pension et refermé la porte derrière lui qu'il fut capable de répondre : ... je ne le sais pas moi-même.

Peu après, il était tout simplement parti droit devant lui, mon père, il avait même au début marché comme à l'exercice. Il prenait plaisir à avancer, mais sentait aussi tout autour de lui cette humidité qui n'était pas encore pluie, pas même brouillard, et que, faute de s'y connaître plus précisément, il nommait *climat.* En levant les yeux, il remarqua des nuages sombres, qu'il reconnut tout de même (d'après toutes les connaissances météorologiques qu'il apportait d'Allemagne) comme indice d'une dégradation prochaine du temps. Mais il se proposait seulement de faire une petite reconnaissance : en tout état de cause, il venait de prendre la décision de passer les temps à venir – et il s'agirait peut-être d'années – en ce lieu, et il l'avait fait sans avoir de la région plus que les quelques aperçus qu'il avait glanés lors du voyage en voiture qui les avait amenés jusqu'ici.

Il se mit en route sans connaître le chemin. Il eut vite laissé derrière lui le petit réseau de routes étroites de la colonie, suivit alors un chemin de terre marqué d'abord de traces de tracteur et qui, devenu étroit sentier, traversait un secteur boisé. Il ne s'attendait certes pas vraiment à se promener sous des hêtres et des chênes, mais la hauteur des arbres et l'épaisseur du toit de feuillage lui causèrent une impression étrange, ce qui justement éveilla sa curiosité. Il n'avait aucune idée de l'endroit où ce chemin le menait, et cela lui plaisait, mais il comptait aussi fermement voir à la fin apparaître des maisons.

Il n'avait pas peur, sauf peut-être au moment où il posa le pied sur quelque chose de bigarré qui bougeait, mais il se rendit compte au même moment qu'il s'agissait d'un perroquet mort, recouvert d'une quantité innombrable de fourmis rouges géantes qui grouillaient, grouillaient. Il eut un haut-le-cœur, et pourtant, il fut un long moment incapable de détacher son regard de ce spectacle. Malgré la chaleur moite, il lui semblait qu'il grelottait. A partir de cet instant-là, il eut à plusieurs reprises le sentiment d'être suivi : il se retourna d'un air naturel, mais ne vit rien ni personne.

Quand peu de temps après une pluie soudaine et crépitante se mit à tomber, il l'entendit avant même que les premières gouttes l'atteignent, éprouvant une sorte de soulagement. D'un seul coup, il fut véritablement envahi par le sentiment d'être dans un lieu extrêmement familier, comme plus de vingt ans auparavant, quand il avait passé la nuit dans une mansarde chez sa grand-mère, couché dans un grand lit, et que les gouttes de pluie tambourinaient sur les bardeaux, douces et régulières. Il comprit que son besoin de se sentir chez lui, où que ce soit, était plus fort que n'importe laquelle des maisons de ce continent étranger.

Et pourtant, il ne voulait rien voir d'autre en cet instant que justement cela : une maison, avec une porte et un toit. Ce qu'il découvrit peu après – la pluie avait cessé aussi vite qu'elle avait commencé –, ce furent en réalité quelques cabanes aux toits en tôle ondulée : il se dirigea droit vers elles comme si elles avaient justement constitué le but de sa marche.

Trois ou quatre Indiens, vêtus seulement d'un pantalon, étaient devant l'une d'elles et lui firent signe d'approcher. C'étaient des hommes de petite taille mais vigoureux, et, mon père put le constater en approchant, leurs mines exprimaient plutôt la réserve, ou même la réticence. S'était-il mépris sur le sens de leurs signes ? Quand il eut à plusieurs reprises, plus pour masquer sa gêne que parce qu'il était réellement assoiffé, prononcé le mot *agua,* les visages s'éclairèrent sur-le-champ. L'un des hommes disparut dans sa cabane, tandis que les autres tentaient d'apporter des explications dans un espagnol que mon père avait peine à comprendre, et il se comprit encore moins lui-même quand il se sentit déçu de voir l'homme revenir avec une bouteille et un gobelet en fer-blanc. Mon père se rendit compte alors qu'il s'attendait sans l'ombre d'un doute que ce serait une femme qui lui apporterait cette eau, une femme qu'il connaissait.

Il était encore en train de boire, quand deux enfants nus sortirent en courant de la cabane et se postèrent devant lui avec un air de curiosité. Ils n'étaient qu'à quelques mètres de lui, et pourtant il les salua de la main, ce qui fit éclater de rire les enfants mais aussi les hommes. Mon père se mit alors à rire lui aussi, d'abord de gêne, mais ensuite à cause du caractère manifestement cocasse de la situation. L'homme qui avait apporté l'eau retourna dans la cabane et revint avec un fruit jaune-rouge de la taille d'un poing, le donna à mon père, et ils se mirent à leur tour à lui adresser des signes de la main, dès qu'il se fut engagé dans la direction qu'ils lui avaient indiquée lorsqu'il avait demandé où était Tovar. Après avoir répondu à leurs signes, il prit le fruit entre ses deux mains, comme le gage de quelque chose. Peu avant d'arriver à Tovar, il le jeta dans le taillis qui bordait le chemin, après en avoir de nouveau respiré l'odeur.

6

Entre-temps, il s'était remis à pleuvoir, à grosses gouttes d'abord isolées, comme pour que l'on puisse les compter. Elles tombaient tranquillement, ici et là, c'était une sorte de pluie que mon père ne connaissait pas. Puis les gouttes se mirent à tomber avec une telle densité que l'espace qui les séparait les unes des autres semblait plus réduit que leur taille, et même plus humide aussi, mais ce qui étonna mon père, c'est le brouillard, qui ne fut pas plaqué au sol par la pluie, mais persista. A la fin, il avait l'impression que l'océan, qui au fond n'était pas vraiment loin, allait monter jusqu'à cette vallée.

Tout est mouillé, trempé, se disait mon père, assis bien au sec dans son fauteuil et regardant par la fenêtre tout en dégustant son rhum. Il avait retrouvé la bouteille sur sa table, où elle était demeurée depuis la visite de son confrère le matin même. Pensant qu'il ne devait plus rester grand-chose, il avait voulu tout verser d'un seul coup dans son verre et s'était interrompu seulement en se rendant compte qu'il allait déborder. Il était maintenant en train de boire à petites gorgées ce rhum des Antilles, et en cet instant s'abattit sur lui une sorte de déluge dont mon père ne douta pas une seconde qu'il fût justifié. Le rhum et la pluie semblaient vouloir se confondre. C'était la première fois que mon père pleurait sans retenue. Il ne lutta pas contre ces larmes, sans doute parce qu'elles lui semblaient naturelles comme peu de choses dans son existence, et en même temps parfaitement dénuées de sens, d'une manière qui le soulageait. Tout ne lui était-il pas le matin apparu même sous un jour complètement différent ? Il pleura donc jusqu'au bout de ses larmes.

La pluie cessa brusquement, quelques gouttes isolées tombèrent encore, tandis que le soleil commençait déjà à percer, ce qui auparavant était brouillard devenait vapeur. Elle se dissipa à son tour, et la lumière de l'après-midi se répandit alors, d'une intensité extraordinaire.

Quand plus tard mon père découvrit au pignon de la maison située en face de la sienne – il l'avait sans doute fixé pendant presque tout ce temps-là – le gros oiseau marron, il se leva comme de surprise, eut tout juste le temps de le voir s'éloigner à lourds battements d'ailes et sentit en même temps combien son propre battement d'ailes devenait plus aérien. Il était certes légèrement ivre, mais il se sentait bien, et l'idée de rendre maintenant visite au vieux dont le nom était en vérité le sien lui plaisait. Il se demanda même un court instant s'il devait lui apporter quelque chose, mais ne sut quoi. Il n'avait rien qui eût pu convenir comme cadeau, et c'est seulement alors qu'il s'étonna d'avoir voulu offrir quelque chose : il ne s'agissait surtout pas de donner l'impression qu'il cherchait à faire un troc.

Le bourgmestre lui avait expliqué que le vieux était celui qui pourvoyait Tovar en Vénézuéliens et en Vénézuéliennes. Il était probable que c'était aussi lui qui les surveillait. En tout cas, pour mon père, il était tout à fait clair que c'était lui l'homme qui continuerait à lui envoyer cette femme que son cœur n'oubliait pas. Ou qui ne la lui enverrait plus. En même temps, il lui semblait pressentir que cet homme ne se laisserait acheter à aucun prix, et qu'il était sans doute préférable de ne pas tenter de le faire.

On lui avait dit qu'il trouverait la maison de Guzman à l'endroit où cessaient les maisons à colombages, aux limites de la colonie. Il la reconnut immédiatement. Il arriva donc sans cadeau, et en entrant dans la maison, il n'avait à la main qu'une fleur rouge foncé qui en ce pays poussait partout, comme de la mauvaise herbe, il l'avait cueillie en chemin, presque sans vraiment s'en rendre compte. La maison était plutôt grande, le portail par lequel on y pénétrait traversait l'aile principale du bâtiment, et derrière s'ouvrait une cour. À son grand étonnement, il ne rencontra d'abord personne, et c'est seulement quand il eut franchi le porche de cette maison dont le caractère intime lui plut immédiatement, qu'il vit la femme, qui venait vers lui en traversant la grande cour, cette femme qu'il avait attendue et qu'il ne comptait pourtant pas retrouver ici. Se dirigeait-elle vers lui ? Non, elle disparut vers l'arrière, là où on devinait un jardin, et mon père la suivit.

Au moment où il la perdit des yeux, il s'arrêta, surpris, désemparé : il entendait de la musique. Pas n'importe quelle musique, c'était de toute évidence un air d'opéra, une voix et un orchestre, et cette musique ne provenait pas de la maison mais de la direction dans laquelle la femme avait disparu, du jardin. Ce qu'il arrivait à distinguer semblait de l'allemand, et entre les notes, il entendait un caquètement tapageur de poules et une voix d'homme haut perchée qui criait en espagnol. En cet instant, la femme était oubliée, et dans sa tête, il n'y avait plus que l'homme qu'il allait voir dans quelques minutes. Comment se pouvait-il qu'il n'ait pas immédiatement compris ce que, lui semblait-il maintenant, chacun de ceux qui dans la colonie Tovar voulaient le savoir ne pouvait manquer d'avoir remarqué. Ce qui l'attirait en ce lieu lui fut d'un seul coup parfaitement évident : si Guzman portait le même nom que lui, ce n'était pas le fait du hasard, Guzman était son père. Aussi incroyable que cela puisse paraître : c'était l'homme qui avait laissé au bout de très peu de temps de vie commune sa mère seule, pour ne pas dire l'avait laissé tomber. L'homme qui n'avait pas fait le moindre effort pour se tenir au courant du destin de sa petite famille. Il est probable que cela ne lui avait même pas été indifférent. Il était allé en Europe, s'était laissé convaincre d'y rester, et avait ce faisant commis une lourde faute. Mais une faute qu'il lui fut possible de corriger : il disparut, oublia et entreprit autre chose. Et n'était-il pas sur le point, lui, mon père, d'agir exactement de la même manière ?

Il fut alors pris sans même s'en rendre compte d'un léger tremblement qui agita tous ses membres. En fait, il n'avait en dehors du nom aucun indice, et ce nom, le père Arnoldo l'avait dit, était assez fréquent dans ce pays. Déjà à Curaçao, deux des rares personnes dont il avait fait la connaissance s'appelaient ainsi. Et pourtant, il avait désormais une quasi-certitude, pourquoi sinon aurait-il indiqué à Udet le Venezuela comme but de sa fuite ? Son père n'avait-il pas fui lui aussi, n'avait-il pas fui vers sa patrie d'origine, si la chose était possible ? Pour la première fois de sa vie, se retrouver face à son propre père, alors qu'il était lui-même adulte, et sans y être le moins du monde préparé, était-ce là le but du long chemin qui l'avait amené ici ?

Non, sans doute pas, balivernes que tout cela. S'il avait en réponse à la question de Udet nommé le Venezuela, c'était pur hasard, il ne se doutait de rien, et d'ailleurs, il était très improbable qu'il rencontre soudain son propre père trente-cinq ans après dans la forêt vierge vénézuélienne. Et tandis que, pendant quelques secondes, ces pensées tourbillonnaient dans sa tête, il remarqua que pour la deuxième fois en très peu de temps les larmes lui montaient aux yeux, et cette fois non plus, il ne parvint pas à les retenir.

Aussi quand, presque au même instant, il vit le vieux se diriger lentement vers lui à petits pas, il n'eut guère le temps de se ressaisir. Faisant mine d'essuyer la sueur, il se passa la main sur les yeux. Le vieux venait vers lui le visage très grave. Comme s'ils ne s'étaient encore jamais rencontrés, ils se serrèrent la main et prononcèrent de manière plutôt ridicule leurs noms très semblables, comme pour des présentations.

Mon père ne fut pas invité à pénétrer dans la maison, mais reçu dans le jardin derrière la cour, d'où le vieux était venu et où sautaient en premier aux yeux deux arbres très hauts, et entre les deux, un hamac tendu de manière très lâche. Tout à coup, le vieux, soudain tout à fait agile, se dirigea à petits pas dans cette direction, il semblait pressé, il éteignit la musique qui provenait effectivement d'un gramophone posé sur une chaise branlante à côté du hamac, dans lequel, prenant son élan, il se hissa, tout en lançant à son visiteur : Vous désirez ? Vous pouvez me le dire, à moi. Il ajouta aussitôt qu'il lui demandait de l'excuser de rester allongé, il pouvait seulement inviter son visiteur à prendre place à côté de lui sur le tronc d'arbre. Car il était, dit-il, vieux et fragile, rien à y faire, mais il fallait pourtant qu'il ait à l'œil ses gens, avant tout les femmes, ajouta-t-il. En tout cas, ici, ils étaient tous deux à l'ombre, le visiteur et son hôte, et on ne tarderait pas à leur apporter à boire, sans doute un rafraîchissement, ce qui dans ces contrées était à coup sûr la seule chose qui adoucît la lassitude existentielle qui s'emparait de tous.

Mon père ne répondit pas à ce déluge de paroles, il sentait que le vieux continuait à maîtriser la conversation. Il le regardait, en quête d'un visage paternel, et avait du mal à se concentrer. Il se noya dans l'expression qu'il venait d'entendre : lassitude existentielle. Il ne connaissait pas un tel sentiment. En tout cas, le vieux ne donnait pas à première vue l'impression d'en être particulièrement torturé. En cette fameuse nuit, dans la maison où était mort Udet, n'avait-il pas pour la première fois pressenti ce que cela signifiait ou pouvait signifier que d'être bienvenu sur cette terre ? Et ce que cela signifiait que d'avoir en un tel instant auprès de soi celle qui vous souhaitait ainsi la bienvenue ? Même s'il n'avait guère de souvenir du visage qui avait soudain surgi au-dessus de lui dans la pénombre. Il n'avait cependant pas oublié comment il était étendu sur ce lit, alors même qu'un autre était au même instant en train de mettre le canon de son pistolet sur sa propre tempe, quelqu'un qui n'avait pas été le premier venu.

En vérité, il ne s'était pas enfui, mais seulement éloigné au plus vite, et il était en train d'atteindre un but. Il ne lui restait plus maintenant qu'à faire le nécessaire pour pouvoir rester.

Vous voulez commencer ici une nouvelle vie, si possible une autre vie, lança depuis le hamac le vieux, interrompant les réflexions de mon père. Rien à objecter. Mais vous ne réussirez que si vous connaissez ce que vous laissez derrière vous. On ne fait ses adieux qu'à quelqu'un que l'on connaît, en fin de compte, on peut saluer tout et n'importe qui.

Je sais ce que je laisse derrière moi, rétorqua mon père, et je vais aussi découvrir ce que mon avenir ici peut être. Mais pour cela, il faut que je sache ce qui me sera accordé.

Non, répondit le vieux, au moment précis où pénétrait dans la pièce la femme qui fit immédiatement battre plus fort le cœur de mon père. Les yeux écarquillés, elle les regarda, d'abord lui, puis le vieux, en se dirigeant vers ce dernier, son plateau entre les mains, et lui, pendant ce temps-là, observait la scène de son regard d'aigle, en lui signifiant par de rapides signes de tête où il convenait de déposer carafe et verres et dans quelle direction elle devrait ensuite s'éloigner : Va à la cuisine, allume le feu.

Non, reprit-il en s'adressant derechef à mon père, je ne pense pas que votre passé soit déjà terminé. Et je ne crois pas davantage que votre avenir puisse commencer tant que vous ne saurez pas ce que votre passé attend encore de vous. Comme toujours dans la vie, ce n'est pas seulement votre affaire à vous.

Sans doute est-ce vrai, répondit mon père, ce n'est évidemment pas seulement mon affaire. C'est justement la raison pour laquelle (et la sueur se mit véritablement à lui dégouliner dans les yeux, mais cela ne semblait lui faire absolument ni chaud ni froid) il ne me revient pas à moi seul d'en décider. D'ailleurs, je ne serais pas du tout en mesure de le faire.

Vous, non, répondit alors le vieux avec une cordialité appuyée, comme s'il voulait faire un pas vers lui. Mais vous aurez peut-être d'abord la gentillesse de me confier quelques détails concernant ce passé, de me dire d'où vous venez, quel chemin vous avez suivi.

Mon père répondit sur un ton que la nervosité rendit plus coupant qu'il ne l'aurait voulu : Je n'ai absolument aucune intention de déballer devant n'importe qui – et vous me permettrez, faute de vous connaître plus avant, de vous qualifier ainsi – mon passé, qui est par surcroît parfaitement dénué d'intérêt. Mais il est possible de dire au moins ceci, d'ailleurs, pourquoi ne le dirais-je pas : je suis né à Francfort, domicilié à Hambourg, profession médecin, et jusqu'à tout récemment médecin-chef avec le rang de capitaine.

Mon père fut alors interrompu : Et sinon, rien d'autre ?

Mon père le regarda.

Sinon, rien d'autre ? Une famille ? Des enfants ?

Mon père leva les yeux.

Des enfants ? Un ? Deux ? Des jumeaux peut-être ?

Une longue pause s'installa. Le vieux avait à nouveau, depuis son hamac, lancé à mon père un regard aigu, à mon père assis sur son tronc d'arbre et qui aurait préféré écouter les oiseaux. Ce vieux le mettait mal à l'aise ; il comprenait en même temps parfaitement que rien n'était possible sans son accord. Mais avant toute chose : que savait Guzman ? Avait-il donc suivi toutes ces années durant le destin de la famille qu'il avait laissée derrière lui ? L'avait-il fait surveiller ? Et, comme si cette phrase n'avait pas en cet instant valu tout autant pour lui-même : le vieux ne lui était-il pas redevable d'une explication ?

Ce dernier sembla d'ailleurs effectivement ressentir cela lui aussi. Il se hissa péniblement hors de son hamac, se retrouva debout, genoux tremblants, et, avançant entre les poules, auxquelles il envoyait des coups de pied bien appliqués, il se dirigea droit sur mon père qui, dans l'intervalle, s'était levé à son tour. Arrivé devant lui, il posa ses deux mains noueuses sur les épaules tombantes du plus jeune et dit, la tête inclinée et en le regardant comme pour le jauger : Tu dois t'en douter, tu le sais peut-être même, tu es mon fils, mon enfant. Et, après une pause : Je dois m'occuper de toi. Tout en l'attirant à lui en une accolade maladroite, il lui glissa à l'oreille : Que puis-je faire pour toi ?

Mon père esquissa un mouvement de recul. Il avait senti dans l'odeur de cet homme qui lui était tellement étranger quelque chose de familier, cet homme qui était donc vraiment celui qui à Hambourg avait pris la poudre d'escampette avant même qu'il soit lui-même venu au monde. Voilà qu'il se retrouvait face à lui, que leurs regards se croisaient, et il pensa à nouveau que c'était ce même homme qui disposait du sort de la femme qui lui était indispensable. C'est alors aussi qu'il comprit de qui elle parlait lors de leur première rencontre en prononçant le nom de "Guzman" : pas de lui, mais de son père. En lui, quelque chose commença à résister à ce vieil homme, son sort, et pas seulement le sien, dépendait de lui, comme s'il était un enfant. Il était clair en même temps qu'il était lui-même, dans cette affaire, l'intrus qui réclamait quelque chose sans aucune légitimité, et même sans aucun droit.

Je ne sais pas, reprit alors le vieux en retournant à pas lents vers son hamac, je ne sais pas si tu t'es jamais demandé ce que cela signifie d'être père – sans doute pas, tu n'as pas une tête à l'avoir fait. Un beau jour, c'est absolument certain, tu le feras. A ce moment-là, il te faudra trancher entre toi et tes enfants. Oui, c'est ainsi : eux ou toi. Mais dès que tu auras pris ta décision, tu la regretteras. J'ai trois autres fils en dehors de toi, je sais de quoi je parle.

Mon père avait à peine écouté. Il regardait les arbres, entendait les cris des oiseaux et se disait qu'il ne devait pas laisser échapper sa dernière chance. Pendant un moment, ils n'eurent l'un et l'autre pas la moindre idée de la manière dont la situation pouvait évoluer. Puis, tandis que le vieux se retournait de nouveau dans son hamac, son fils fit un pas vers lui et dit : La femme qui nous a apporté à boire et que tu as ensuite renvoyée dans la maison, je n'ai pas l'intention de te l'expliquer en détails maintenant, et je ne suis d'ailleurs pas capable de le faire, elle a eu pour moi de l'importance dès la première seconde. Je ne peux pas me représenter ma vie ici sans elle, sans son soutien, je ne le peux plus. Père, je te demande la main de cette femme.

7

A nouveau, le vieux était allongé dans son hamac tressé grossièrement qui se balançait entre les deux arbres, à nouveau les poules couraient en tous sens. Immédiatement derrière eux commençait la forêt, un ensemble compact qui ne semblait pas être fait d'arbres côte à côte. Il s'agissait d'une forêt tout à fait différente : une forêt vierge. Une forêt qui semblait ne s'appartenir qu'à elle-même. C'est une chose que mon père connaissait pour avoir vu des photos colorées illustrant des livres qu'il avait trouvés dans la petite bibliothèque de sa mère. Ce n'est sans doute pas par hasard s'il avait en cet instant précis pensé à elle : il s'agissait précisément de la femme qui avait un jour épousé l'homme devant lequel il se trouvait maintenant.

La veille, le vieux avait renvoyé mon père avec beaucoup de fermeté et même de rigueur. Il avait à peine fini d'exprimer sa requête – ou n'avait-ce été qu'un soupir, une prière ? – que le vieux avait blêmi, un flot de paroles avait jailli de sa bouche, allemand et espagnol mêlés. Mon père ne comprit que trop bien que son père n'était absolument pas d'avis que ce lien de parenté qui venait de se révéler donnait à quiconque quelque légitimité, quelque droit que ce soit, et si cependant cela devait être le cas, c'est à lui seul qu'il en conférait.

Il attendait de toute évidence autre chose après cette seconde naissance de son fils, peut-être des questions sur sa propre histoire, qu'il aurait vraisemblablement pris plaisir à narrer, mais sûrement pas cette demande au sujet de cette femme. *Maria ? Jamais.* Ce furent ses propres paroles, et il les reprit, après une petite pause, inaudibles presque, en chuchotant, par deux fois : *Maria jamais.*

Aucun doute possible : le vieux ne céderait pas. Alors, tout en mon père se révolta, au plus profond de lui-même. Il se sentit envahi en même temps par cette étrange humeur joyeuse qui était montée en lui à plusieurs reprises depuis son arrivée à Curaçao, de manière inexplicable. Il reviendrait le lendemain, il le savait, chercher une autre réponse. Au cours de son trajet de retour à travers la colonie, mon père avait rencontré le bourgmestre, qui lui avait lancé *Buenas dias* d'un ton très sec – il ne l'avait pas salué en allemand – sans faire d'ailleurs mine de vouloir s'arrêter. Non, mon père n'avait de toute évidence pas d'alliés dans la place, le prêtre et le docteur Kuhlmann étaient à Caracas et ne reviendraient que le soir, par la même voiture. Pouvait-il d'ailleurs vraiment avoir confiance en eux ?

Kuhlmann apprendrait sans doute avec surprise cette relation père-fils, il réfléchirait rapidement pour savoir ce que cela signifiait pour lui et passerait à la suite. Quant au père Arnoldo, qui avait été à l'origine de sa venue à Tovar, il ne savait trop que penser à son sujet : sa cordialité pleine de retenue, n'avait-elle pas quelque chose de guindé et en fin de compte d'impénétrable ?

Revenu à sa pension – sur le chemin du retour, il avait acheté du rhum –, il était resté assis à sa fenêtre, comme il l'avait déjà fait plusieurs fois. Il ne parvenait pas à s'expliquer ce qui lui demeurait incompréhensible en ces journées vénézuéliennes : pourquoi les nuits tombaient-elles si brutalement, comme en ce moment, pourquoi les oiseaux ne pouvaient-ils tout de même pas s'arrêter de piailler, pourquoi se mettait-il à transpirer dans son fauteuil, alors qu'il bougeait seulement pour prendre son verre, et pourquoi, alors qu'il était *libre,* était-il devenu si complètement dépendant d'autres personnes : du docteur Kuhlmann, du père Arnoldo, de son père et de cette femme dont il connaissait désormais le nom. Sur le chemin qui l'avait ramené de la ferme, il l'avait prononcé une douzaine de fois pour lui tout seul : Maria. Un nom des plus communs, mais pas pour lui, car dans sa famille et parmi ses relations – il avait bien cherché –, il n'y avait pas une seule Maria.

Quand son père, en un geste mêlant effusion entre proches et attitude officielle, l'avait attiré contre lui, il avait ressenti un petit agacement, une impression de ridicule : les oreilles de son père étaient en effet tout aussi décollées que les siennes, et comme ce dernier était bien plus petit que son fils, et en outre loin d'être aussi beau, chez lui, elles faisaient un effet grotesque alors qu'à mon père elles donnaient une sorte de touche d'humanité. En tout cas, dans cette accolade, les têtes des deux hommes s'étaient trouvées si proches que leurs oreilles s'étaient rencontrées, l'espace de quelques secondes elles s'étaient effleurées.

C'était cette sensation, près de l'oreille, qui submergea à nouveau mon père, assis à cette fenêtre dans son fauteuil. Et avec elle l'image de Maria qui, après avoir apporté les verres, s'était éloignée, traversant la cour sans se retourner vers lui, et tout cela l'entraînait dans un tourbillon inextricable où se mêlaient allégresse, folie amoureuse et rhum. Il ne lui restait plus qu'à s'y laisser sombrer. Il pleura, une fois de plus, mais cette fois, on aurait dit un petit rire.

Une éternité semblait s'être écoulée depuis ces événements. Le chemin qui menait à la maison du vieux, qui sans doute était aussi celle de Maria ou en tout cas l'endroit où elle habitait, lui était demeuré étranger à sa deuxième visite également. Maintenant, alors qu'il se retrouvait à nouveau assis en face de son père dans cette arrière-cour, au beau milieu des poules, l'idée que cette chose-là, cette espèce de petit humain dans le hamac, était son père, lui sembla de plus en plus irréelle. Néanmoins, ce n'était en rien plus aberrant que le fait qu'il soit lui-même assis là, au beau milieu de la forêt vénézuélienne, et que le lieu dont il était le plus éloigné soit sans doute sa propre maison. Oui, sa famille était bien loin, mais elle lui était – tout particulièrement en présence de son propre père – si proche qu'il n'aurait guère été surpris si, lui montrant deux des enfants qui jouaient derrière eux, près des cabanes en tôle, on lui avait dit : Ne s'agit-il pas de tes jumeaux ?

Entre-temps, le vieux s'était à nouveau tourné vers son fils en marmonnant, puis après un rapide salut, il lui avait fait signe de s'asseoir sur le tronc d'arbre, pour d'abord le gratifier de son silence. Lorsqu'elle s'éleva enfin, la petite voix tremblante émit les modulations les plus surprenantes, et on entendit alors des phrases prononcées par le vieux plus pour lui-même qu'adressées à mon père, et qui lui furent, d'une manière diffuse, désagréables.

Alfredo, commença-t-il, cramponné aux cordages de son hamac et faisant effort pour se redresser, mon cher. Tu ne peux savoir ce que j'éprouve en ayant auprès de moi quelqu'un qui parle la langue allemande avec les intonations que j'ai apprises dans la froide ville des bords de l'Elbe. J'avais une petite vingtaine d'années lorsque j'entendis résonner cette langue pour la première fois, et ces sonorités, ce sont elles qui m'ont dit : tu deviendras quelqu'un, il te suffit de faire preuve de patience. Mais je n'ai eu aucune patience, je n'en ai toujours pas.

Je me suis alors retrouvé avec l'épouse qui ne convenait pas, et il m'a fallu un moment avant de comprendre où était ma place. Quel pays étrange, votre Allemagne ! Celui de la nostalgie et du désir – pas seulement pour moi : ici, nombreux sont ceux qui pensent de même. Pour moi, ces deux mots furent pendant de longues années les plus allemands de tous les mots et l'Allemagne n'était en fait qu'un autre mot pour dire la même chose.

Mais l'endroit où nous appellent la nostalgie et le désir, il ne faut pas s'y rendre, j'ai eu raison de laisser ta mère et tes grands-parents derrière moi, de regarder vers l'avant, vers le Venezuela, ce qui pour moi revenait aussi à regarder en arrière. Aucun pays d'Amérique du Sud n'a un tel avenir, les jours du président Medina Angerita sont comptés.

Sais-tu qu'un de tes ancêtres a lui aussi été président du Venezuela ? Il se nommait Antonio Guzman Blanco. Je vois que tu n'es pas au courant, et je ne t'en dirai guère plus pour l'instant. Il y a soixante ou soixante-dix ans de cela, c'était un homme terrible, même si... (à cet endroit, il s'interrompit et demanda à mon père de lui passer la calebasse d'eau dont il but quelques gorgées)... même si nous lui devons nos voies ferrées.

Mon père, trempé de sueur, était assis là, sur le tronc abattu. Il s'était un peu avancé pour mieux entendre, et dut tout de même écouter sans vraiment y prêter attention le récit des bonnes et mauvaises actions de cet ancêtre dont son père semblait être si fier. La mélopée du vieux ramena ses pensées vers sa propre famille. Une douloureuse convulsion s'éleva alors en lui. Là, soudain, il entendit prononcer un nom auquel il ne s'était pas attendu en cet instant.

La route est longue, disait le père de mon père, jusqu'à l'endroit d'où tu es venu. Quand j'eus regagné Puerto Cabello, je voyais tous les jours les bateaux dans le port, et j'ai su à nouveau ce qu'étaient la nostalgie et le désir. Un beau jour, un avion est arrivé, il avait atterri en plein champ, tout près du port. Il s'agissait d'un Hollandais complètement fou qui s'était trompé de route depuis Curaçao, une apparition fantomatique mais surprenante. Il m'avait à l'époque fait penser à Ernst Udet, tu auras entendu parler de lui : au cours de la dernière guerre, il était, avec Richthofen, un des meilleurs aviateurs, pas seulement d'Allemagne, il faisait l'admiration du monde entier. Je l'avais d'ailleurs rencontré dans un bordel de Hambourg, tu ne me croiras pas, il était tout jeune à l'époque, comme je l'étais aussi, et on le connaissait de toute évidence dans ces lieux pour une particularité qui lui avait valu plus d'une faveur de la part de ces dames. Il a récemment été l'objet chez vous des plus grands honneurs, a reçu je ne sais quel titre ridicule, on raconte qu'il s'est tué à force de boire. Un type étrange, confiant et méfiant à la fois, étrange, tout simplement. Et après un court silence, il répéta pour la troisième fois : étrange.

Le vieux donnait maintenant l'impression d'être sur le point de s'endormir, mais à ce moment précis, il lança à mon père un regard perçant et vif, avant de s'abandonner, sembla-t-il, une fois pour toutes à ses souvenirs, et de fermer les yeux. Le flot de son marmonnement s'était tari. *Étrange*, tel était le dernier mot perçu par mon père, alors qu'il était toujours assis sur ce tronc appartenant à son propre père.

Il était d'ailleurs plus qu'étrange qu'ici, dans cette colonie allemande au beau milieu de la forêt vénézuélienne, le nom de Udet ait justement été prononcé. Son père et Udet se connaissaient ? Se rencontraient dans des bordels de Hambourg au moment où, peu à peu, il prenait forme dans le ventre de sa mère ?

Mon père se rendit compte qu'il commençait à avoir des palpitations. Il se redressa, essayant de respirer à fond. Il voyait Udet étendu par terre, il voyait le sang, et d'un seul coup il crut voir le général en chef directeur du département de l'armement de l'armée de l'air le fixer du coin de l'œil. Non, il n'y avait aucune coïncidence – même s'il semblait prêt à l'imaginer –, et vouloir se triturer les méninges à ce propos n'avait aucun sens.

Plus son propre passé, effet du hasard, le perturbait, plus il se raccrochait à un avenir dont il devrait lui-même tracer la route. Maria. Il y avait une relation particulière entre Maria et son père, mais il était préférable qu'il ne se pose pas non plus de question, il en savait véritablement trop peu pour pouvoir parvenir à une réponse.

Il n'avait qu'entraperçu cette femme, quelques heures, quelques regards échangés, rien de plus. Mais il savait qu'il portait en lui un sentiment auquel, pour la première fois de sa vie, il essayait d'appliquer le mot amour. C'était autre chose que la femme du général, autre chose que la belle femme que le hasard lui avait amenée au cours de la nuit où mourut Udet, et à coup sûr aussi que la mulâtresse dans la maison du docteur Pieters. Cela ne concernait pas que lui : quelques heures, quelques regards échangés lui avaient suffi pour lui prouver que Maria éprouvait exactement les mêmes sentiments que lui.

Il devait mener à terme leur affaire, agir lui-même afin d'obtenir ce qu'il voulait. Il regardait son père comme de très loin. Maria était à coup sûr quelque part dans cette vaste demeure et, d'une fenêtre, elle observait les deux hommes : il devait aller auprès d'elle, lui dire que sans...

Où vas-tu ? La voix du vieux claqua, l'emprisonnant comme le piège qui se referme. Mon père s'était effectivement levé sans même s'en rendre compte et s'était tourné vers la maison, mais le vieux, qui ne semblait plus le moins du monde perdu dans ses pensées, le suivait attentivement du regard, et tout en intimant à mon père en quelques mots l'ordre de regagner son tronc d'arbre – *Assieds-toi* –, il s'extirpa en roulant sur le bord du hamac, lentement, avec précaution, comme s'il avait voulu montrer la manière de faire. Il se retrouva alors debout devant son fils, qui était à nouveau assis, ce qui leur permit de se regarder à peu près droit dans les yeux.

Tu es mon fils, je suis ton père, martelait maintenant le vieux, et, comme s'il s'était agi pour mon père d'une formule magique qui aurait renfermé ne serait-ce qu'une once de dégoût ou qui lui aurait rappelé qu'il existait des devoirs, des engagements, des nécessités qui tous avaient nom Maria, enfin, quel qu'ait pu être le motif qui le fit agir, mon père se leva à son tour, d'un mouvement qui eut peut-être l'air un peu balourd, mais ce n'était que pour réfréner la force qu'il sentait en cet instant monter en lui, et dit : Hier, je t'ai adressé une prière, aujourd'hui, j'exige. J'attends désormais de toi que tu me donnes ce que je te réclame.

Les volatiles, qui maintenant commentaient avec excitation la scène – sans le vouloir, mon père s'était brusquement approché du vieux –, n'étaient en fait que des poules qui pendant tout le temps avaient picoré paisiblement entre eux deux, cherchant dans le sol quelque chose qui leur convînt, et essayaient de prendre leur envol dans un vacarme qui ne le cédait en rien à celui que font les oiseaux de la forêt vierge, si tant est que leurs ailes rognées le leur permettaient. Le vieux fit involontairement un geste dans leur direction comme pour les chasser, et mon père crut immédiatement que ce geste le concernait : Oui, je pars. Mais je ne pars pas seul.

Combien tu as raison, lui lança alors Guzman d'un ton coupant et aigu, combien tu as raison, tu ne sais pas à quel point. J'ai parlé dès hier avec Maria, je sais ce qu'elle pense. Depuis des années, son foyer est ici, chez moi, et sois-en sûr : elle a besoin d'un homme à ses côtés, assurément, mais d'un homme qui sache aussi prendre soin d'elle. Comment veux-tu être un tel homme ? Il faut que tu puisses la prendre de la manière qui convient. Or tu ne la connais pas du tout, tu ne te connais même pas toi-même.

Avant tout, comprends ceci : quand tu es arrivé, on t'a dit que dans la colonie Tovar, les relations entre Allemands et non-Allemands n'étaient pas autorisées, et tu sais aussi qui veille au respect de cette règle. Je n'arrive pas à comprendre que quelqu'un qui vient chez nous depuis le Reich allemand ne sache pas se garder lui-même de tels errements. Dans la colonie, on ne tolérerait pas, ne fût-ce qu'un jour, ce genre de relation.

Mais pas seulement dans la colonie. Dans la suite de ses paroles, la voix sembla vouloir se briser, et en même temps, les mots venaient comme s'il récitait de façon maladroite un texte appris par cœur : Nous autres aussi, qui n'appartenons pas à la communauté, nous chassons comme un chien errant à coups de fouet celui qui se mêle à notre monde et en faisons de même avec chaque femme qui

accepte un tel comportement, voire le provoque. Une femme qui abandonne pour un bon à rien lubrique un guerrier viril est une traîtresse. Nous nous séparerions avec dégoût d'une telle femme. Il ne s'agit pas là d'honneur, mais d'hygiène.

Mon père s'était lentement levé pendant que le vieux aboyait ces dernières phrases, qu'il avait presque même hurlées en direction de son visage. C'est dans un état d'excitation extrême que le vieux laissa d'un geste chargé de menace sa main droite s'élever, et mon père, pour la bloquer, l'attrapa aussitôt et la fit redescendre ; le vieux mit alors deux doigts de sa main gauche dans sa bouche, sans que mon père le remarque ; il émit un sifflement strident qu'il ne pouvait avoir appris que dans le port de Hambourg : à la seconde, trois hommes surgirent de l'ombre d'une arcade, se précipitant sur mon père qui regardait, l'œil fixe, son père en dessous de lui, et avant qu'il ait pu prononcer une seule parole, ils l'avaient attrapé et l'entraînaient, alors qu'il ne résistait qu'en une sorte de réflexe, et se laissait traiter ainsi comme s'il l'avait mérité, loin du vieux qui se frottait le bras à l'endroit où mon père l'avait empoigné, loin des poules qui étaient surexcitées à nouveau, et loin de Maria qui derrière sa fenêtre avait assisté à toute la scène et avait tout compris, du début jusqu'à la fin.

8

Quel idiot, siffla Kuhlmann entre ses dents tout en recousant les plaies les plus importantes, en posant des points de suture pour tenter de mettre fin à l'hémorragie dans la bouche avant que son patient ne reprenne conscience.

Un parfait idiot. Il a cru sérieusement pouvoir discuter avec Guzman d'égal à égal. A quel titre ? S'il est permis de poser la question. Pour la simple raison qu'il arrive du Reich ? Mais des gens de l'envergure de Guzman, on n'en trouve pas l'ombre dans la grande Allemagne toute entière, croyez-moi. Un homme de cette trempe, le Führer aurait su quoi en faire (et en prononçant le mot *Führer,* il trancha pour la troisième fois un fil chirurgical d'un coup de dent), Guzman lui-même est un Führer. Il a toujours veillé à préserver la propreté, a toujours su où se situaient les frontières. En fin de compte, il ne s'agit pas d'être gentil, il s'agit de vivre ensemble, et donc de faire régner l'ordre. Guzman, on a toujours pu se fier à lui, jeune homme, poursuivait-il en s'adressant à mon père inconscient, mais en ce qui vous concerne désormais, l'affaire est entendue, vous pouvez toujours ouvrir votre cabinet en pleine forêt vierge si cela vous chante, mon ami. Des utérus, on en trouve là aussi. Je n'y vois pour ma part strictement aucun inconvénient.

Kuhlmann parla ainsi pendant toute l'intervention, tandis que Maria lavait ses instruments à l'eau bouillante et lui tendait la gaze et les pansements, et que le père Arnoldo, debout à la fenêtre, regardait tour à tour au dehors ou en direction du patient, puis se replongeait dans son bréviaire. Pour couronner le tout, mon père avait pris un coup violent entre les jambes qui lui avait écrasé un testicule, ce qui était sans conteste extrêmement douloureux et avait causé son évanouissement au moins autant que les coups reçus à la tête.

Quand le docteur eut à peu près pansé mon père et se fut lavé les mains, il se dirigea vers le prêtre debout à la fenêtre, et la première chose qu'il apprit alors fut qu'il n'y avait pas de rhum dans cette maison.

On ne pouvait sans doute guère s'attendre à ce qu'il y en ait dans la maison de Dieu.

La maison de Dieu, c'est l'église, cette maison-ci, c'est la mienne, telle fut la réponse du père Arnoldo. Mais, poursuivit-il d'un ton de complicité après une petite pause, une bière pourrait peut-être faire l'affaire ? A la cuisine, Maria, dans le réfrigérateur.

Elle leur apporta la bière et des verres, et ne put alors s'empêcher de baiser la main du père qui s'apprêtait à se servir – sans doute pour exprimer sa reconnaissance, murmurant dans sa propre langue –, et par chance, le prêtre ne remarqua pas la petite tache faite par la bière débordant sur sa soutane.

Je sais ce que la colonie penserait, docteur, si elle savait qui j'héberge ici. Il est probable que des bruits circulent déjà. En tout cas, Guzman s'en doute. Mais il le tolérera. Quoi qu'il en soit, il s'agit de son fils. Je ne peux donc que vous prier de garder le silence et de ne rien dire de ces événements au reste de la communauté, même si vous ne comprenez pas tout. L'essentiel, c'est de ne pas oublier votre patient.

Le docteur Kuhlmann n'oublia pas son patient, et quand, quatre jours plus tard, le vieux Guzman surgit soudain sur le seuil, mon père était certes toujours alité à cause de la fièvre provoquée par ses blessures, mais cela mis à part, il paraissait à peu près retapé. Le vieux, cela sautait aux yeux, était très excité, mais il resta d'abord muet en s'approchant du lit, considérant, comme subitement fasciné, la petite valise qui se trouvait au pied du lit à côté de la sacoche de médecin. Mon père comprit sur-le-champ, et avant même qu'aient été échangées des salutations, il lança à son père : Je l'ai empruntée pour ce voyage, j'espère que tu n'y vois pas d'inconvénient.

Le regard du vieux alla lentement de la valise à son fils, puis il dit d'un ton coupant qu'il était venu uniquement pour mettre un terme à cette situation ridicule. Dans deux heures environ, un petit camion allait traverser Tovar, faisant route vers le sud – il s'agissait d'ailleurs du camion qui apportait le fauteuil gynécologique. Il avait fait le nécessaire pour que ce camion fasse une halte chez le père Arnoldo et les prenne tous les deux, il se dirigeait, en passant par les Cojedes, vers San Fernando, d'où Maria était originaire. Il avait envisagé dans un premier temps d'envoyer son fils sur sa plantation de cacao, mais il préférait qu'il disparaisse de sa vue.

Autre chose, ajouta-t-il en indiquant, d'un geste que le prêtre trouva déplacé, à ce dernier et à Maria d'aller dans la pièce voisine.

Après le départ du vieux, quand ils revinrent auprès de mon père, ils le trouvèrent assis dans son lit, riant et pleurant à la fois, et essayant de remettre d'aplomb le bandage qui lui enserrait la tête. Vous vous rendez compte, il voulait savoir comment va sa femme. Vous vous rendez compte. Le père Arnoldo se contenta de hausser les épaules.

Mon père passa deux jours et deux nuits sous un toit en planches, sur le balcon d'une petite maison peinte en rouge au bord du lac de Calabozo, et ce que sa conscience déclinante percevait surtout, c'était l'agitation des oiseaux lacustres et la montée de lourds nuages.

Une ou deux heures à peine après le début du voyage dans le camion cahotant qui traversait les Llanos, et en dépit des médicaments de Kuhlmann – les siens étaient demeurés intacts dans la petite sacoche de médecin marron qu'il garda pendant tout le trajet sur ses genoux –, la fièvre était montée de manière inquiétante, si bien que Maria avait été contrainte de demander un arrêt à Calabozo. Trouver une chambre pour quelques jours ne prit pas longtemps, et en échange d'un supplément, on y installa le malade qui, prenant appui sur Maria et sur le chauffeur du camion, parvint à se hisser jusqu'au premier étage pour s'affaler peu après dans le lit qu'à sa demande on avait installé sur le balcon : il voulait voir l'étoile qui, en cet instant précis où le soir tombait, brillait seule au firmament. Il s'endormit sur-le-champ. Plus tard, Maria lui donna des fruits, puis des jus et sirops d'abondance pour étancher la soif qui le torturait de plus en plus violemment. Au cours de ces journées, elle ne le laissa seul que pour aller chercher de nouvelles provisions.

Au troisième jour, il exprima un souhait, et elle comprit immédiatement qu'il désirait qu'on lui coupe les cheveux et les ongles. Elle le redressa un peu dans son lit et le peigna. Puis, à l'aide des seuls grossiers ciseaux qu'elle avait sur elle, elle lui coupa les cheveux très courts, laissant partir au vent léger ceux qui tombaient. Mon père sentit le froid du métal sur sa tête. Pour finir, elle lui tailla les ongles avec toute la délicatesse requise.

Au quatrième soir, alors qu'il semblait un peu reprendre des forces, il demanda d'une voix faible à Maria de lui apporter son petit dictionnaire des mille mots, car il cherchait une expression. Le livre était dans sa sacoche de médecin qu'il la priait de lui apporter, en même temps que la valise de son père. Il venait de commencer à feuilleter le livre quand la photo de sa famille en était tombée sur la couverture du lit, d'où elle semblait le regarder. Au bout d'un moment, il trouva ce qu'il cherchait : *lápiz*, et de la pointe du crayon marron et bien taillé, il indiqua le dessin qui accompagnait le mot, et il lui demanda de lui en donner un ainsi qu'un *papel*. Puis il demanda autre chose encore, et là aussi, elle comprit tout de suite : il voulait qu'elle le laisse seul.

Elle n'accéda qu'à regret à cette demande. Mais avant de s'éloigner, elle répondit le cœur battant à un signe qu'esquissa mon père, de la porte elle revint vers lui en chassant à la seconde tous les pressentiments de son visage. Debout près du lit de mon père, elle le regarda d'une manière qui, sans qu'il puisse l'exprimer, fit en lui s'élever le mot *visage*. Car en vérité, il y avait ici une femme qui prenait soin de lui tout comme il avait pris soin d'elle, du moins le pensait-il, une femme qui en infiniment peu de temps était devenue pour lui la plus familière de toutes et qu'il avait choisie. Et c'était peut-être justement ce qu'il y avait en elle d'impénétrable qui renforçait en lui la certitude d'avoir trouvé celle qui convenait, celle qui donnait tout son sens au long chemin qui l'avait conduit en ce lieu. Il n'avait pas véritablement compris ce que son père avait à voir avec ce chemin, sauf ceci : son destin jouait au père et son père jouait à être son destin – il ne pouvait plus aller au-delà dans ses réflexions. Maria lui passait la main dans les cheveux du même geste que ma mère, sa femme, l'avait fait – plusieurs fois en remontant vers l'arrière, puis ensuite en suivant la direction choisie par les cheveux –, mais il ne s'en rendait pas compte. Son regard allait vers le lac, où en cet instant précis un oiseau plongea dans l'eau comme en plein vol et avant même qu'il en ait resurgi, Maria s'était éloignée, passant dans la pièce voisine.

Assis là, mon père laissa son regard tomber sur la valise, qui maintenant était elle aussi près de son lit. Elle contenait encore presque tout l'argent qu'il avait reçu pour l'aide apportée à la naissance du petit Alfredo, cela permettrait à Maria de tenir un bon bout de temps. Il devait sans doute aussi rester une liasse des dollars de Udet : ici, au cœur du Venezuela, on ne remarquerait peut-être pas tout de suite qu'ils venaient d'une presse allemande. Et soudain, un éclair le traversa, il s'agissait bien entendu de billets authentiques, et le fonctionnaire de Caracas ne les avait qualifiés de fausse monnaie que pour pouvoir plus facilement les confisquer. Non, Udet ne lui aurait pas donné de la fausse monnaie, certes non, pas à lui, et à nouveau, l'image de Udet mort se présenta à ses yeux. Il se revit alors lui-même, debout à côté de lui.

Il hissa de la main gauche la sacoche sur son lit et l'attira à lui : tout était à sa place, tout ce qui aux yeux du monde faisait de lui un médecin – sauf l'argent, disparu, plus un seul billet là où il les avait glissés. Il en eut quelques secondes le souffle coupé, puis il regarda l'eau d'un œil stupide. Il eut l'impression soudaine d'avoir le goût du sang et du boudin dans la bouche, de ce succulent boudin que son grand-père, le charcutier fabricant de saucisses, se faisait livrer deux fois l'an par un paysan et qui, pour l'enfant, était au nombre de ces choses particulières qui avaient contribué à lui donner confiance en la vie. Il se vit, dans une vision juste un peu floue, courir vers son grand-père sur une route lumineuse, ou bien était-ce quelqu'un d'autre qui courait vers lui ?

Il entreprit alors d'écrire. Il parvint à tracer trois mots, qui tout en haut de la page esquissaient une ligne descendante : *Mon très honoré père*, puis, lentement, il bascula sur le côté, et je n'en sais pas plus.

BIBLIOTHÈQUE ALLEMANDE
dirigée par Nicole Bary

Sherko FATAH
En zone frontalière
Petit Oncle

Fritz Rudolph Fries
Les Nouveaux Mondes d'Alexandre

Christoph HEIN
La Mise à mort
Le Jeu de Napoléon
La Fin de Horn
L'Ami étranger
Willenbrock
Dès le tout début
Prise de territoire

Stephan HEYM
Chronique du roi David

Wolfgang HILBIG
Provisoire

Gerhard KÖPF
La Chouette, le facteur et le perroquet
Le Fou de Hemingway

Angela KRAUSS
À tire-d'aile

Andreas MAIER
Le Mardi de la forêt

Herta MÜLLER
La Convocation

Christoph PETERS
Hanna endormie

Elisabeth REICHART
Viens, traverse le lac

SAÏD
Paysages d'une mère lointaine

Evelyn SCHLAG
L'Ordre divin des désirs

Erich Wolfgang SKWARA
Esquisse d'un retour

Galsan TSCHINAG
Ciel bleu
Le Monde gris
Vingt jours et un
Sous la montagne blanche
L'Enfant élu

Cet ouvrage a été composé par
Atlant'Communication
aux Sables-d'Olonne (Vendée)

Impression réalisée sur Variquik
par Corlet Imprimeur
en août 2008

N° d'édition : 2026001 – N° d'impression : 114808
Dépôt légal : octobre 2008

Imprimé en France